연애
꼼수를
말하다

연애 꼼수를 말하다

초판 1쇄 인쇄 2013년 12월 30일
초판 1쇄 발행 2014년 01월 06일

지은이   Mr. 화니
펴낸이   손 형 국
펴낸곳   (주)북랩
출판등록 2004. 12. 1(제2012-000051호)
주소   서울시 금천구 가산디지털 1로 168,
         우림라이온스밸리 B동 B113, 114호
홈페이지 www.book.co.kr
전화번호 (02)2026-5777
팩스   (02)2026-5747

ISBN   979-11-5585-105-0 03810(종이책)
         979-11-5585-106-7 05810(전자책)

이 도서의 국립중앙도서관 출판시도서목록(CIP)은 서지정보유통지원시스템 홈페이지(http://seoji.nl.go.kr)와
국가자료공동목록시스템(http://www.nl.go.kr/kolisnet)에서 이용하실 수 있습니다.
(CIP제어번호 : 2013029050)

연애가 마냥 힘들고 어렵기만 한 당신이
꼭 알아야 할 **다섯 가지 법칙!**

연애 꼼수를 말하다

LOVE

Girl

Kiss

Mr.
화나
지음

book Lab

Contents

♥ Part 3 연애 꼼수를 이야기하다

언제나 중요한 것은 진실이다

당신에게 연애를 한번 물어보겠다. 그중에서도 '진심'에 대해 물어보려 한다. "연애를 얼마나 하고 싶으세요?' 혹은 "지금 사귀고 있는 사람에게 얼마나 표현을 하시나요?"

그럼 아마 당신은 듣는 사람이 당신의 마음을 느낄 수 있도록, 무성의하지 않게 보이도록 이야기할 것이다. 거기다 대고 무성의하게 보일만한 소리를 내뱉는 짓은 하지 않을 것이다. 꼼수란 그런 것이다. '어떻게 보이게 하는가?' 그것을 만들고 유도하는 것이다.

당신이 아마 여태까지 질리도록 접해온 자기계발서 혹은 연애지침서에는 '~하지 말 것' 혹은 '~해야 할 것' 이렇게 두 가지 큰 틀을 가지고 이야기를 다뤄왔을 것이다. 그것도 아니라면? 그저 긍정적인 마인드만 다뤄왔을지도 모른다. 내가 전할 이야기에서도 부분적으로는 그럴지 모르지만 조금 다르게 접근해볼까 한다. '부정적인 마인드', '자신의 이야기'. 결국 꼼수라는 것을 쓰려고 해도 앞서 말했듯 어떻게 보이는가의 문제다. 어떻게 보이는가를 생각하려면 결국 나 자신의 '부정적인 마인드'와 '나 자신의 이야기'를 알아야 한다는 것이다.

진심이 없는 꼼수란?

어떻게 보이는 것에만 치중해서 혹은 어떻게 보이게 만들 것에만 치중해서 진심이 아닌 말들이나 행동들로 상황을 정리하려 든다면? 결국 나와 그 사람의 관계를 계속해서 악화시키는 행위로 이어질 뿐이다. 언제나 중요한 것은 진심이다. 사실 연인들 사이에서 꼼수가 발생하는 것은 그다지 좋은 순간은 아니며, '거짓말'이라는 것이 반드시 필요한 순간일 경우가 대부분이다. 그렇다면 진심이 있다면 꼼수를 남발하거나 사용해서 상황을 모면해도 좋은 것일까? 이 책을 접하는 독자들에게 말을 전하고자 한다면 꼼수를 사용해서 상황을 벗어나고 계략으로 상대를 조종하는 법을 알려주기 위해서 책을 쓴 것이 아님을 미리 알려주는 바이다. 또한 엄청나게 독특한 꼼수를 기록해놓은 것 또한 아니다. 조금이나마 기대한 사람이라면 안타까움에 탄식을 했을지 모르나 결국 내가 이 책을 통해 이야기하고자 한 것은 연애에 서툰 사람 혹은 연애를 못하고 있는 사람, 쉽게 말해서 '나는 왜 안 생기는 것일까?' 하는 이들을 위해 쓴 일종의 자가진단서 같은 책이다. 물론 내 책이 유일한 해답을 가진 것은 아니며 생각하기에 따라 더 좋은 답이 있을 수 있다. 하지만 이것은 분명하다. 내 책은 당신이 연애에 대해 한층 더 많은 것을 생각하게 해줄 수 있을 것은 분명하다는 것이다.

연애를 시작하고 싶은 이들 혹은 연애가 어려운 사람들에게

결국에는 얼마나 인정하느냐의 문제다. '외모, 성격, 물질' 꼼수의 틈을 찾고 만들기 위해서는 조금이라도 내가 생각하는 나 그리고 나의 부정적인 면을 모두 인정하는 것부터 시작한다. 내가 나 자신에 대해 생각할 줄 모르는데 무슨 꼼수를 쓰겠으며, 그 꼼수로 보여지고자하는 혹은 얻고자 하는 효과를 어떻게 얻겠는가? 순간의 상황을 모면하기 위해 사용하는 꼼수에 관해 이야기해보자는 것이 아니다. 연애라는 것이 마냥 힘들고 어렵기만 한 당신을 위한 등불이 되었으면 하는 마음으로 이야기를 시작해볼까 한다.

추운 어느 날

Mr. 화나

연애
꼼수를
말하다

Part 1
연애 꼼수를 알다

먼저 알아두어야 할 사실

철칙

꿈수는 진심을 수반해야 한다. 이것은 당신이 절대로 잊어서는 안되는 사실이며, 당신이 연애를 잘하고 싶다면 꿈수를 '때우기' 혹은 '수습'이 아니라 '점수 따기' 혹은 '설득하기'의 용도로 생각할 수 있어야 한다. 꿈수는 당신이 기존에 생각해왔던 '친구와의 약속을 위해' 또는 '돈 없고 나가기 귀찮은데 핑계를 만들기 위해' 사용하던 도구가 결코 아니라는 것이다.

그렇기 때문에 다음을 지켜서 설득하거나 점수 따는 도구로 만들어볼까 한다.

- 핑계나 거짓으로 하지 말 것
- 꿈수로 관계 전부를 유지하려 하지 말 것. 꿈수는 하나의 방법일 뿐이다.
- 자신의 장단점을 충분히 인정할 것
- 자학과 자폭개그를 구별할 것

당신이 알아야 할 것은 위의 네 가지다. 이것을 지키면서 상대를 설득하거나 상대에게 점수 따는, 적어도 밉게는 안 보이는 사람으로 탈바꿈해보도록 하자.

공식

모든 기술에는 '요령'이라는 것이 있다. 그 '요령'을 터득하기 위해 알아야 할 것이 가장 '기본'이고, 그 기본이 바로 다음의 것이다.

진심+사실&실리〉명분

꼼수에는 위와 같은 공식이 존재한다. 비율은 그때그때 달라지지만 사실이 진심을 압도하는 비율이어서는 안 된다. 그것은 결국 사실만 납득시킬 수 있으면 진심이야 어찌되든 상관없다는 소리로 이어질 수도 있으니 말이다. 또한 매우 당연한 것이 꼼수가 될 수 있으며 언제든 실리가 명분보다는 더욱 큰 비중이 되어야 한다. 무언가 도리에 어긋나는 것 같아서? 그런 눈치 보기를 하다가 당연한 것 하나 못해서 연애를 못하는 것이 솔로들의 가장 큰 문제다. 연애지침서나 자기계발서가 당연한 소리를 하는 것 같지만 왜 자신은 못하는 것 같은가? 눈치 보기 전략인 떠보기나 밀당이 당연한 소리보다 더 당기기 때문이다. 정말 당연한 한마디가 몇 번의 기회를 만들 수도 있으며 그것이 곧 꼼수인 것이다. 열 번 노력할 것 한 번으로 줄일 수 있다면? 그것이 편법이자 꼼수가 아니라면 무엇이겠는가?

활용

당신은 아마 그 혹은 그녀에게 말을 붙이기 위해 혹은 데이트를 하면서 어떤 목적을 이루기 위해 아닌 것을 아니라고 말하지 못하고 싫은 것을 싫다고 하지 못하는 경우가 있을 것이다. 그 상황이 견딜 수 없으면 핑계나 거짓으로 그 상황을 모면하려고 한다. 그렇게 그 혹은 그녀와의 또 다른 기회는 사라지고 만다.

만일 당신이 먹기 싫은 음식을 그가 좋아하고 그것을 먹으러 가자고 제안한다면 어떻게 할 것인가? 물론 쿨하게 거절할 수도 있다. 하지만 거절하면 기분 상할까 봐 안절부절, 우유부단하게 머뭇거리던 당신은 결국 속이 안 좋다고 말할지도 모른다. 물론 억지로 먹고 나서 속이 안 좋아지는 것보다는 나을지도 모른다. 그렇다면 이런 상황에서는 어떻게 해야 할까? 답은 간단하다. "오늘은 그것이 별로 안 당기는데 다른 것은 마음에 안 내켜? 다른 것은 어때?(예를 들면 자신이 먹을 만한 것)"

애써 상대가 기분 상할까 봐 혹은 거절의 말을 잘 못하겠어서 이런 식으로 우물쭈물 혹은 안절부절못하지 마라. 차라리 자기가 가지고 있는 그것에 대한 감정 중 하나인 지금 당기지 않는 것에 대해 이야기하라. 그리고 상대에게 다른 것에 대해 유도하면서 상대가 또 고민을 하는 불편을 겪지 않게 자신이 제안하라. 상대는 나에게 불친절한 상대가 아니다. 내가 그 혹은 그녀를 배려해주듯 그 혹은 그녀도 그 순간에 나를 배려해준다. 왜냐? 애당초 나를 배려하지 않았다면 그곳에 가자는 제안 대신 "그곳에 갈 거야."라고 하면서 일방적으로 나를 이끌었을 것이다. 그렇지 않은가? 선택권 없는 사람처럼 배려한답시고 굴다가 가서 좋아하지도 않는 음식 먹고 억지웃음 짓는 것이 더 좋지 않다. 차라리 진심을 말하라. 별다른 것이 꼼수가 아니다. 내가 진심을 말할 수 있느냐 없느냐? 그것에서 꼼수는 시작된다.

뻔뻔해질 수 있는가?

태도

상대를 만나 호감을 얻기 위해 수십 가지의 노력을 하고서 상대의 마음을 얻는 것과 단순히 몇 가지 노력을 하고 상대의 마음을 얻는 것의 차이는 크다. 어차피 마음을 얻을 것이라면 단순한 몇 가지의 노력을 하고 상대의 마음을 얻고 싶지 않은가? 그렇다면 당신은 뻔뻔해질 필요가 있다. 어떤 것에? 당신에 한해서는 대부분 뻔뻔해져야 하며 당신이 하는 행동에 있어서는 일종의 정당성을 부여할 수 있어야 한다. 좋아하지만 미적거리는 것이 전달이 잘되겠는가? 아님 좋아하는 것을 적극적으로 티내는 것이 전달이 잘되겠는가? 꼼수는 하나의 도구다. 그것을 이용하는 것은 당신의 몫이다.

ing

당신이 연애를 하려고 한다면 혹은 연애를 하는 중일 때 라면 뻔뻔해지기 위해 생각해봐야 할 것은 다음과 같다.

- 상대가 당신의 장점을 알고 있는가?
- 외모적 단점은 어떤가?
- 얼마나 진지한 성격인가?
- 나는 짝사랑 중인가?

상대가 장점을 알고 있다면 그것이 언급될 때마다 그것을 이용해서 뻔뻔해질 수 있을 것이다. 외모적 단점이 거론된다면 오히려 그것을 이용해서 상대가 나의 부족한 점을 채워주는 사람으로 둔갑시킬 수 있다. 문제는 내가 만일 진지한 사람이라면? 시종일관 진지한 것을 조금은 빼고 실없는 소리를 할 줄도 알아야 한다. '나는 너를 좋아하기 때문에'라는 이유 하에 말이다.

짝사랑 중이라면?

짝사랑하는 많은 사람들은 관계가 다양하다. 그 혹은 그녀와 친구인 경우 혹은 여러 가지 형태의 지인인 경우 이렇게 나누어진다. 여기서 결정적으로 나누어지는 것은 나와 그녀, 혹은 나와 그가 지금 얼마나 감정적으로 가까운가, 내가 좋아하는 것을 그 혹은 그녀가 아는가에서 차이가 심하게 난다. 또한 그 혹은 그녀가 마음에 두고 있는 사람이 있는 경우 흔히 말해서 삼각관계 같은 경우도 나눌 수 있을 것이다.

짝사랑하는 사람들의 생각은 흔히 '고백했다가 거절당할 경우 어색해질까 봐'를 매우 염려한다. 그렇기 때문에 고백했을 때 성공할 확률을 어떻게든 높일 수 있다면 어떻게든 하려 고 하며 점술에 마음을 의지하려고 하는 경향이 있다. 하지만 그러는 동안 시간은 점점 흐르고 최적의 타이밍 또한 알게 모르게 흘러가버린다. 그리고 나서 후회하는 경우가 많다. 따라서 짝사랑 중이라면 차라리 고백을 위해 자신이 생각해둔 말을 어느 정도 적당히 다듬어서 최대한 빠르게 이야기하는 것이 좋다. 왜냐?

'사람들은 누구나 착하고자 하는 마음'

때문에 결과적으로 당신이 고백한 것이 죄가 되어 결국 그 혹은 그녀와 원수가 되는 일은 없을 것이다. 그렇기 때문에 당신은 고백 이후의 상황까지 내다보면 그리 암울한 것만은 아니다. 왜냐하면 오히려 '내가 널 좋아하기 때문에' 너에게 좀 더 친절한 것을 이해해줬으면 좋겠고 그걸로 어색해지지 말았으면 좋겠다고 하면서 나를 생각한 적이 없던 그 혹은 그녀에게 나라는 사람의 인상을 새롭게 심어줄 수도 있다. 나를 거절했을 때는 물론 나의 어떤 부분 때문에 정말 친구 정도가 좋아서 거절했을 수도 있지만, 사실 나를 한 번도 이성으로서 생각해본 적이 없는데 갑자기 들이대서 거절한 것일 수도 있다. 따라서 고백 이후에 내가 아무렇지 않게 뻔뻔하게 잘해줌으로써 새롭게 인상을 심어주는 것은 두 번째 기회를 만드는 데 최적의 노력이다. 괜히 질질 끌면서 이런저런 행동을 하는 것보다 더 깔끔한 행동이라는 것이다. 순간의 행동 하나로 인상을 바꿀 수도 있다는 것이다.

end

내가 못 참아서 헤어졌든 상대가 못 참아서 헤어졌든 시도조차 해보기 전에 끝나버렸든 결국 어느 쪽으로든 끝이 나버렸음에도 미련을 가지고 있는 당신이 생각해봐야 할 것은 다음과 같다.

- 나는 그 혹은 그녀와 자주 마주치는가?
- 끝이 난 직후에 나는 어떻게 행동했는가?
- 어떤 척을 하고 있는가?
- 그 혹은 그녀의 관계자와 많이 알고 있는가?

끝 역시 시작과 같다. 내가 조금 노력을 해서 얻을 수 있다면 가급적이면 그렇게 하는 방향으로 가는 것이 좋다. 항상 명분보다 실리가 앞서야 하며 진심에 사실을 더한 행동을 토대로 움직여야 한다. 이별을 겪은 사람들은 대부분 '하지 못한 것, 더 할 수 있는 것'에 사로잡혀 있는 경우가 많다. 그 혹은 그녀와 어떻게 헤어졌든 이별이라는 순간에 있어서는 유독 그것이 더 아쉽게 느껴지는 법이며 후회가 되는 법이다. 또한 내가 좋아한 사람에게 시도조차 못해보고 끝난 경우라면 아쉬워할 틈도 없이 후회가 되며 나 자신이 한심하고 원망스러운 경우도 발생할 것이다.

　그렇기 때문에 감정에 휘둘리기보다는 이성적인 행동을 할 필요가 있으며 잘될 거라는 근거도 없는 희망을 가지고 가는 것보다는 잘 안 될 가능성을 쫓아갈 필요가 있다. 무슨 말인가 하면 내가 그 혹은 그녀와 헤어진 이후 '억지로 매달림' 혹은 반대로 '괜찮은 척'하며 '막연한 기대'를 하며 상대방을 떠보려 하는 것은 실패했을 시 결국 나의 감정에 또 한 번 생채기를 내는 것이다. 차라리 지금 안 되고 있는 부정적인 것들을 보면서 내가 그것을 바로잡으려 할 때 실패할 가능성들을 살펴본다면 그것을 대비할 행동들에 대해 생각하게 되고 오히려 그 편이 재회 혹은 악화된 상황을 바로잡는 것에 좀 더 도움이 더 된다는 것이다.

　생각해보라. 막연히 기대하면서 그 혹은 그녀의 주변을 아무렇게나 들쑤시는 것이 좋을 것 같은가? 지금 냉정하게 빠져나와 상대와의 사이에서 부정적인 부분을 집중적으로 공략하는 것이 좋을 것 같은가? 무작정 매달린다고 되돌려질 관계라면 어차피 또 쉽게 틀어지게 되어있다. 따라서 관계를 돌이키기 위해서는 뻔뻔해질 필요가 있다.

　"너랑 나랑 헤어졌어? 그래, 그건 인정할게. 그렇지만 우리가 원수는 아니어도 되잖아."

시도도 못해보고 끝난 경우

이 경우에는 그냥 좋아했던 마음을 정리하고 싶은 생각이 더 큰 경우가 대부분이다. 오래 좋아하다가 이렇게 된 경우에는 미련을 가지겠지만 기간이 짧을수록 정리가 빠르다. 그렇다고 해서 이런 경우가 덜 힘들다거나 미련을 가져도 별것 아니라는 것이 아니다. 다만 이런 경우에는 뻔뻔함에 있어서 신중함을 필요로 한다. 왜냐? 그 이유는 다음과 같다.

- 상대가 다른 사람과 사귀게 되어서
- 상대의 마음이 다른 사람에게 있는 것을 알아서
- 내 마음을 먼저 알게 된 상대가 먼저 거절을 해버려서
- 상황&환경적 이유로 상대가 연애할 여유가 전혀 없다는 것을 알게 되어서

이 경우는 '뻔뻔해짐=어쩌면 상대를 힘들게 하는 것'이 될 수 있다. 분명히 당신은 당신에게 마음을 돌릴 수도 혹은 기다릴 수도, 이해할 수도 있을 것이라고 생각할 것이다. 하지만 장담하건대 그것은 마음 먹은 것처럼 되지 않을 것이다. 그럼에도 당신이 그 혹은 그녀에게 당신의 마음을 전달하고 싶은가? 그렇다면 적어도 당신은 한 가지를 양보하고 그 혹은 그녀에게 말할 필요가 있다. 양보해야 할 것은 '지금'이다.

"이걸 들어줄 사람이 너밖에 없어서 말하는 것인데 물론 지금 어쩌

자는 게 아니라 그냥 들어줬으면 하는 거다."

　영화 〈러브 액츄얼리〉에서 스케치북 고백을 한 그도 결국 '이루어짐'에 초점을 둔 것이 아니었다. 당신이 굳이 이야기를 하고자 한다면 그 혹은 그녀가 당신의 이야기에 적어도 끝끝내 책임을 질 필요는 없도록 배려하라. 그로써 당신이 적어도 마음을 표현해서 당신 스스로도 답답하지 않게 하라. 적어도 그 혹은 그녀에게 이 정도 뻔뻔함은 허락된다는 것이다. 이렇게 해서 당신이 마음을 이야기하고 언제든 기회가 올지 모르지만 상대의 곁에 남을 수 있다면 절망적인 상황에서 구질구질하게 맴돌거나 울며불며 매달리는 것보다는 좋은 방법이 아니겠는가?

3 나는 어떤 사람인가?

이해

　연인들 사이에서 싸움이 나면 가장 많이 나오는 말 중 하나가 바로 '이해'다. 물론 그 외의 싸움에서도 "왜 나를 이해 못해?"라던가 "이해 해달라고." 등의 말이 엄청나게 많이 오가곤 한다. 다만 문제는 그 이해라는 것이 나 자신에 대해 얼마나 이해하고 있는가에서부터 시작해야 할 것이다. 예를 들어 "나는 소극적인 사람이다."라는 것을 이해받기 위해 상대에게 그런 모습을 어필하려고 '적극적으로 행동하는 것'은 올바를까? 앞서 말했던 것처럼 꼼수는 내가 보이고자 하는 것에 대한 이야기이다. 결과적으로 내가 보이고자 하는 것을 위해서라면 상대가 납득할 수 있는 행동과 말을 해야 한다. 따라서 다음과 같은 예를 지켜야 한다.

- 상대에게 잘 보이려고만 하는가?
- 연애 초반이라는 점을 의식하는가?
- 일부러 연애가 서툴지 않은 척하는가?

■ 양보 혹은 배려라는 이름으로 상대를 대하는가?

상대에게 나의 단점을 보일 수도 있어야 한다. 언젠가는 보여야 할 모습이며 기간이 흐르면 흐를수록 상대에게 노출되지 않는 것이 오히려 더 힘들다. 따라서 잘 보이려고만 하거나 초반이니까 혹은 연애가 서툴지 않은 척 배려라는 이름으로 상대에게 묻지도 않고 행동한다. 이것은 결국 상대와 나에게 언젠가는 걸림돌의 이유로 작용하게 된다. 차라리 조금은 소홀한 모습을 보여주려고도 하고 나 역시 양보 받으려고도 해볼 필요가 있으며, 나 역시 연애가 서툴다는 점을 상대에게 인지시켜줄 필요가 있다. 연애는 같이하는 것이지 한 사람이 한 사람을 일방적으로 떠 먹여주는 것이 아니다. 물론 어느 한쪽이 어느 한쪽을 든든하게 지탱해주는 모습이 매력적이거나 안정적인 느낌을 줘서 좋을 수는 있을 것이다. 그런 부분도 필요하다. 하지만 여기서 지적하고자 하는 바는 '완벽한 사람'이 되려고 하지 말라는 것이다. 연애할 때 처음 그 사람에게 좋은 이미지를 심어줘야지 하는 공통적인 생각이 과하게 되면 결국 언젠가는 상대에게 이렇게 말하게 될 것이다. "왜 이해를 못해?"

인정

나라는 사람에 대한 인정은 나의 가치나 다름없는 이야기다. 그 가치를 이용해서 상대라는 가치를 살 수도 있고 못 살 수도 있다. 흥정이 되는 이야기로 만들지는 당신의 몫이라는 것이다. 따라서 나의 가치에서 무엇이 쓸 만한지 무엇이 쓸모없는지를 골라낼 필요가 있다.

이 경우에 흔히 생각하는 것이 '단점'은 쓸모가 없고 '장점'은 쓸모가 있다고 생각해버릴 수 있다. 물론 단점이 치명적인 '약점'이 될 수는 있다. 외모가 단점이라고 가정할 경우 아무래도 '못생긴' 혹은 '그럭저럭 생긴' 사람보다 첫인상에서 '잘생긴' 사람이 더 유리 할 테니 말이다. 혹은 성격이 좋지 않을 경우 '좋고 상냥한' 혹은 '개념' 있는 경우가 '솔직함'을 가장한 '무개념'보다는 유리할 것이다.

여기에서 '쓸모없는 가치'라는 것은 흔히 대인관계에서 지장될 만한 것을 지칭한다. 피부가 좀 좋지 않다고 해서 대인관계에 지장이 있는 것은 아닌 것처럼 괜히 외모에서 콤플렉스가 있는 부분들을 모조리 쓸모없는 가치로 분류하지는 않는 것이 좋다. 또한 어느 정도는 지장 있는 가치들 중에서는 키나 체중 등이 있는데 이 경우도 섣불리 분류하지 않는 것이 좋다. 키가 작다고 해서 당신을 멀리한다거나 혹은 살이 쪘다고 당신을 자기관리가 부족하고 무조건 게으르다고만 생각하는 사람은 결국 당신의 다른 좋은 점을 봐줄 가능성이 희박한 사람이다. 당신이 어필했을 때 당신을 어느 쪽으로든 긍정적으로 봐줄 사람은 긍정적으로 봐준다. 따라서 당신은 당신의 단점과 장점을 모두 알 필요가 있으며 그것을 자신 있게 말할 수도 있어야 한다.

나를 상대에게 알리는 것

앞서서 나를 이해하고 인정했다면 어떤 형태로든 '자랑스럽게' 나를 알릴 필요가 있다. 하지만 그것은 결코 자뻑이 되어서는 안 되며 생색이 되어서도 안 된다. 그 혹은 그녀가 만났을 때 '나'에 대한 이야기를 해서 상대가 나에 대한 이야기를 최소한 하나쯤은 들을 수 있도록 하며 그것은 결국 나에 대한 이해 혹은 인정으로 이어진다.

- 내가 최근에 봐온 주위의 연애와 나의 연애에 대한 생각
- 나의 계획
- 가족 간의 일, 나의 가족관
- 친구관계와 대인관계
- 나라는 사람의 사소한 습관

결국 상대는 나와 만나면 하나하나 나라는 사람을 듣고 수집하고 그것을 굳이 다음까지 기억하지 못하더라도 반복하게 되면서 나를 여러 가지 각도에서 보게 되는 효과를 가지게 된다. 즉 내가 그 혹은 그녀에게 잘 보이려 하면서 이렇게 저렇게 보아줬으면 하는 마음에서 별다른 특이한 행동을 하지 않아도 혹은 사귀고 나서 어떻게 봐줬으면 하는 마음에 그때 가서 티를 내거나 애써 억지로 말하지 않아도 미리부터 학습하는 효과가 된다는 것이다. 또한 그렇게 됨으로써 나 자신의 이야기뿐만 아니라 상대의 이야기를 하는 경우가 생길지도 모른다. 내 이야기를 들었으니 너는 어떠냐 하면서 말이다. 애써 꾸며진

모습으로 잘 보이려 하지 마라. 그냥 있는 그대로의 나를 보여주고 이해받고 인정받으려 해보라. 나라는 사람은 어느 누군가의 좋은 사람인만큼 상대의 좋은 사람도 될 수 있다. 이런 작은 말 한마디에서 시작할 수 있다. 별 특이한 기술을 사용하지 않아도 된다는 것이다.

꿈수는 특별한 것이 아니라는 것을
알아야 한다

특별함

그 혹은 그녀에게 나라는 사람에 대한 호감 혹은 원하는 바를 조금의 노력으로 얻고자 할 때 생각하는 것은 무엇인가 '특별해야 한다'고 생각하는 경우가 많다. 같은 말이라도 조금 더 상대가 내게 끌리도록 해서 나를 받아줄 수 있다면 그것으로도 충분한 효과를 볼 것이라는 생각을 가진다. 앞서서도 다뤘지만 특별한 것에 집착하거나 강박적으로 매달리지 않을수록 오히려 쉬워진다. 남들은 쉽게 하는 연애를 나만 어렵게 하는 이유는 굳이 특별하거나 잘 보이려고 하기 때문이다. 다시 한 번 더 말하겠다. 수십 번 할 것을 한두 번 해서 성취할 수 있다면? 그것만큼 사기적이고 꿈수 같아 보이는 것이 어디 있겠는가? 특별하지 않은 것이 가장 큰 꿈수라는 것이다.

평범함 그리고 일반적인

뛰어난 손기술로 상대의 눈을 현혹하여 나에게 빠져들게 하거나 혹은 뛰어난 노래실력 혹은 요리실력 등으로 상대에게 어필할 수도 있다. 그것만큼 사기적이라는 소리를 듣는 것도 없으며 연애를 잘하려면 그것이 마치 필수적으로 필요하고, 연애를 잘하는 사람은 그중 하나를 꼭 갖추고 있을 것이라는 식의 인식까지 생기고 있다. 자상한 남자, 요리 잘하는 남자 혹은 여자 그 어느 누구에게든 이런 스킬을 가진 대상은 연애 상대로서의 뛰어난 이점을 가지고 있으며 자신이 그런 사람이라면 그런 점을 이용해서 연애에 충분히 이용할 수 있다. 어쩌면 그것이 자신의 최대의 무기이자 꼼수가 될 수 있다. 하지만 "나는 이것도 저것도 다 그냥저냥 평범한데?"라고 한다면 그냥 그런 사람이 부럽거나 질투가 날 뿐 하고 싶어도 못한다면? 그럼 어쩌겠는가. 그런 스킬을 갖출 수 없다면 가장 평범한 것으로 승부를 하는 수밖에 없기 때문에 '그럴 수 없는 나'가 '그럴 수 있는 남'을 억지로 따라하려고 굳이 애쓰지 않는 것이 좋다.

물론 상대가 그런 점을 굳이 바란다면 노력하는 모습을 보여줄 수는 있고 그 기호에 맞춰주려 할 수는 있을지 모르겠지만 그렇다고 해서 안 되는 것을 억지로 되게 할 수는 없는 것이다. 안 되는 것은 안 되는 것으로 상대에게 납득시키고 어느 정도 당신이 노력하는 선을 이해하고 인정할 수 있도록 하는 것이 가장 좋을 것이다. 생각해보라. 당신은 지독하게도 평범한 사람인데 안 되는 것을 어설프게 억지로 하고 그것을 상대는 뭔가 불만족스러워하는 그런 상태가 이어진다면 차라리 안하느니만 못한 것 아니겠는가? 따라서 평범한 당신에 대해 이해시키는 것은 반드시 필요하다.

특별한 것이 아닐 뿐 발전이 없는 것은 아니다

그 사람을 위해 뭔가 특별하게 무언가를 해서 마음을 얻으려고 굳이 노력하지 않아도 되기에 그 사람을 위해 내가 아는 정도로만 표현하고 행동 역시 아는 정도로만 하라는 것이 아니다. 평범한 사람이라면 그 사람에게 자신이 가지고 보여줄 수 있는 것을 그 사람에게 있어서 일상적인 것으로 만들어줄 필요가 있다. 흔히 당신이 한두 번쯤은 해봤을 '일정한 시간에 연락하기', '자주 마주치기', '애인과 하루에 꼭 정해진 시간에 연락하기' 등은 결국 그 사람이 내가 없을 때 혹은 그것이 이어지지 않았을 때는 내가 생각나게 하는 결과로 이어지게 한다. 그렇기 때문에 발전 가능성 없이 한 가지만 그냥 무심하게 하지 말고 그 행동을 통하여 상대가 자극을 받을 수 있도록 여러 가지 형태로 해보라. 예를 들어 인사를 하더라도 오늘은 웃으며 손만 흔들었다면 내일은 음료수라도 건네라. 그 다음날에는 사적인 말이라도 붙여보라. 결과적으로 그것이 당신의 마음을 그 사람에게 조금씩 전달하는 길이 될 것이니 말이다.

사용하고자 하는 대상이 누군지 알아야 한다

친구&지인 사이

구구절절 어떤 방법이든 떠보기보다는 몇 번의 짧은 방법을 통해 그 혹은 그녀의 마음을 흔들어놓고 싶다면, 얻고 싶으나 그 혹은 그녀와 아직은 친구 사이라면, 아직은 지인 사이라면 마법처럼 그렇게 '단지 몇 번' 가지고서는 힘들 수도 있다. 왜냐? "당신이 정말 얼마나 뻔뻔한가?"만 가지고는 안 될 가능성이 크기 때문이다. 쉽게 말해 이 경우에 꼼수에 필요한 요소가 있기 때문이다.

- 상대와 내가 얼마나 친한가?
- 친구 사이라면 그 사람에게 적어도 이성으로서 호감을 표한 적이 있는가?
- 상대에게 농담이라도 가정은 얼마나 하였는가?
- 상대와 나의 사회적 관계는 어떠한가?

상대와 내가 너무 안 친해도 문제이며 너무 친해도 문제다. 너무 친하다면 남자는 남자대로 여자는 여자대로 정말 '친한 지인'을 잃는다는 생각에 거부반응을 일으킬 수도 있기 때문이다. 그리고 공통적으로 '그 사람이 나를 이성으로 생각하는가?'를 다들 한 번쯤은 생각할 텐데 그것보다 먼저 그 사람에게 '이성으로서 호감을 표한 적이 있는가?'를 생각해봐야 한다. 앞서서도 말했지만 내가 그 사람에게 이성으로서 생각할 기회를 한 번도 준 적이 없는데 갑자기 이제 와서 좋아한다고 고백해봐야 아무짝에도 소용이 없다. 그렇지 않겠는가? 마치 새벽에 단잠에 빠져 있는 당신을 다짜고짜 깨워서 영어로 수학문제를 묻는 것과 다를 바 없을 것이다. 또한 내가 그 혹은 그녀와 이성으로서의 가치를 띤 가능성에 대해 가정은 얼마나 해보았는가? '너랑 사귄다면' 혹은 '네가 내 남자친구라면' '네가 내 여자친구라면' 등의 이야기를 얼마나 해보았는가도 중요하다. 정말 친구관계라면 이런 이야기를 언급할 이유가 없겠지만 무의식중에 "나랑 너랑은 언제든 연인이 될 수 있어."라는 것을 암시로 깔아둘 수도 있다.

또한 사회적 관계의 경우 나와 그를 둘러싼 관계에서 내가 좋은 사람의 이미지가 있다면? 혹은 나와 그 혹은 나와 그녀의 사이를 주변에서 밀어준다면? 모른 척 그 흐름을 타고 행동할 수도 있는 것이다. "그래? 난 좋은데."라는 식으로 말이다. 사회적 관계에서 내가 좋은 흐름을 타고 있다면 혹은 내가 나쁜 이미지의 사람이 아니라면 좋아하는 티를 얼마든지 내면서 "나 이 사람 좋아하고 있어요." 하고 알리는 것도 의외의 도움을 받을 수 있는 역할을 한다. 따라서 부끄러워하지 말고 위의 상황들을 다시금 곱씹어보면서 자신이 좋아하는 사람에게 행동해보도록 하자.

연인 사이

연인 사이에는 '목적'을 위해 행동하거나 말하게 되면서 꿈수의 영향에 노출되는 경우가 많아진다. 앞에서도 말했지만 연인 사이에서 꿈수를 사용하게 되는 경우는 좋은 상황이 아닌 경우가 대부분이며, 대부분 상황을 모면하기 위해 하는 경우가 많다. 보상에 관한 이야기거나 혹은 상황을 모면하는 것에 관한 이야기 등 대부분 연인에게 부정을 저지르는 것을 모면하기 위한 행동들로 이루어져 있다. 따라서 이것을 뒤엎기 위해 이야기해주고자 하는 것은 '목적'을 좀 더 길게 내다보고 행동할 필요가 있다는 것이다. 자신의 시간을 가지고 싶은가? 혹은 자신이 그 혹은 그녀와 무언가 더 하고 싶은 것이 있는가? 그렇다면 그것을 얻기 위해 그 순간에 변명 혹은 그럴싸한 말들 혹은 행동들로 꿈수를 부리기보다는 길게 내다보고 미리 행동을 해두라고 조언해주고 싶다. 예를 들어 그녀와 만나는 것은 좋지만 너무 자주 만나서 데이트 비용이 부담스럽고, 더치페이를 원하거나 혹은 만나는 횟수를 줄이고 싶다고 한다면 어떻게 하겠는가?

어떻게 줄이느냐에 대한 이야기를 생각해보면 화를 내거나 서운해할 그녀가 먼저 떠오르니 아마 당신은 전전긍긍할 것이 분명하다. 하지만 그전에 생각해봐야 할 것은 '과연 내 여자친구는 얼마나 이런 상황에 대해 이해할 수 있을까 혹은 없을까?'라는 부분이다. 내 여자친구가 정말 개념을 어디 팔아먹고 나에게 빨대를 들이대고 있는 여자처럼 행동하는 게 아닌 다음에서야 금전상황이 힘들다는 것을 이해하지 못할까? 그렇지는 않을 것이라는 것이다. 따라서 더치페이를 하고 싶다거나 만나는 횟수를 줄이고 싶다는 이야기를 하기 전에 힘들기 때문에 그렇게 하는 사람들에 대한 이야기를 먼저 꺼내보고 여자친구의 느낌을 먼저 확인해보라. 여자친구가 그런 사람들에 대해 부정적이든 긍정적이든 그 후 당신의 사정을 말한다면 여자친구는 앞서 당신이 왜 그런 이야기를 했는지 어느 정도 눈치를 챌 것이니 당신에게 맞춰서 대안을 제시할 것이다. 치사하긴 해도 당신이 계속 참으면서 상황을 악화시키다가 싸움이 나는 것보다는 타협을 이끌어내는 것이 몇 배는 더 좋을 것이다. 당신이 지금 힘들다는 진심과 사실을 적어도 당신의 여자친구는 알아야 하는 것은 당연한 도리이니 말이다. 앞서서 말했지만 연애는 혼자 하는 것이 아니다.

연인 사이에서의 꼼수는 결국 위에서처럼 '목적'에 의한 행동 혹은 말이 대부분이며 '내가 그 목적을 이룰 수 있느냐?'라는 것으로 흘러간다. 심지어 점수를 따기 위한 꼼수를 행할 때조차 마찬가지다. 사소한 행동 하나로 남들은 몇 배를 힘들게 해서 여자친구에게 특별하게 보일 것을 "나는 너의 애인이니까." 이 한마디로 다 때울 수도 있다. 따라서 연인에게 꼼수를 행하려거든 길게 보고 행하라. 그 행동을 함으로써 지금 당장을 모면하고 넘기는 그런 가벼운 행동이 될 것인지 앞으로 둘 사이를 결정할 행동이 될지를 말이다. 작은 행동 하나로 앞으로의 머리 아픈 일을 방지할 수 있다면 그것보다 좋은 일이 어디 있겠는가?

헤어진 사이

헤어진 사이에서는 어찌 보면 '반응'에 대한 문제로 많이 갈린다. '반응이 올 것인가 오지 않을 것인가?' 그 혹은 그녀와 헤어진 이후에 '다시 돌아올 것인가?'를 생각하는데, 그것을 생각하면서 각종 긍정적인 생각을 해봐야 당장에 도움이 되는 것은 아무것도 없다. 따라서 당장 내가 그 사람과의 관계에서 망쳐버린 것들을 생각하면서 그것을 바로잡으려고 하는 것이 더 도움이 된다. 그리고 그것으로 인해 '반응'을 이끌어내는 것이 좋은데, 항상 이럴 경우 반응이 올법한 긍정적인 상황에 대해 생각하는 것보다는 오지 않을 경우에 대한 것을 생각해보는 것이 좋다. 왜 그럴까? 생각해보라. 어차피 반응이 올 것은 당신이 뻔히 알고 있다. 그렇기 때문에 당신이 망치지 않고 잘하기만 하면 되는 것이다. 그렇다면 남은 것은 그 혹은 그녀가 반응해오지 않을 만한 것, 즉 '지금 나를 무시하고 있는 것, 싫어하고 있는 것, 거부하고 있는 것'에 대해 생각해보고 왜 그런지에 대해 고민해볼 필요가 있다.

그것을 바로잡을 수 있다면 그 혹은 그녀에게 다가갈 기회가 더 많

아지는 것이니 말이다. 왜 미련이 남은 사람들은 굳이 아득바득 그
혹은 그녀와 헤어지고 나서 친구로라도 지내려고 하겠는가? 생각해보
라. '또 다른 기회'를 얻고 싶어서가 아닐까? 애써 가능성 있는 것에 대
한 것들만 보지 말고 가능성 없는 것들이 왜 없는 것인지를 생각해보
라. 그것을 바로잡을 수 있다면 기회가 더 많아지는 것이니 말이다.

6

얼마나 간절한가?

감정

　연애라는 대상을 접할 때 당신이 선택할 수 있는 길은 여러 가지다. 그 선택에 따라 당신은 할 수 있는 것을 안 할 수도 있으며, 할 수 없는 것을 더 많이 더 잘하려고 할지도 모른다. 그것의 기준은 감정이며 흔히 '가볍다'와 '이번에는 정말 진심이다'로 나누어진다. '이번에는 정말'이라는 말을 할 때 앞서서는 그런 사람이 없었는지를 생각해 보면 딱히 그렇지만도 않다. 그냥 '여태까지 사귄 사람보다 더 많이 진심으로 좋아하게 된 사람이다'라는 개념의 하나라는 것이다.

　당신이 가벼운 연애를 선호한다면? 쉽게 말해서 그냥 그 사람과 잘 되어도 좋고 아니어도 마음 아플 것 같지 않는 '그럼 그냥 다른 사람이랑 사귀면 되지 뭐.' 혹은 '그럼 어쩔 수 없지 뭐.' 같은 심정으로 소개팅을 나가든 우연히 그룹에서 누굴 접하든 쉽게 당신이 누군가에게 마음가짐을 가지고 다가가는 것이라면? 당신이 꼼수를 써서 그 사람의 마음을 얻으려 하는 것은 매우 잘못된 것이다. 왜냐하면 결국 당신이 서툴든 능숙하든 하는 행위는 그 사람에 대한 간절한 마음이라기보다는 상처받기 싫어서 그냥 한번 해보고 빨리 정리하는 것에 입각한 그냥 단순히 "나는 너를 좋아해."라는 사실만을 바탕으로 그 사람과 잘되면 좋지만 못 이루어진다 해도 크게 안타까울 것 없는 진심으로 상대에게 전달이 되는 것이니 말이다. 적어도 가벼운 마음으로 상대에게 접근할 것이라면 행동만큼은 공을 들여라. 행동마저 '내가 서툴기에 간단하고 쉬운' 지름길을 택하지 마라. 연애는 인스턴트가 아니다.

만일 정말 둘도 없는 짝을 만났지만 당신이 연애에 서툴다면, 그리하여 방법에 서툴다면, 혹은 사귀고 있는데 자기가 좋아하는 만큼 표현력이 부족하여 마음만큼 보여주는 것이 힘들다면 우선적으로 생각해보자. 당신은 상대에게 어떤 말과 행동을 하고 있는지를 말이다. 흔히 내가 좋아하는 만큼, 내가 사랑하는 만큼, 상대에게 표현하려 하는 사람들은 말 그대로 있는 것 없는 것 다 퍼준다. 혹은 표현하려고 하지만 앞선 연애경험을 토대로 상대방을 떠보거나 내가 그렇게 해줘도 되는 사람인지 먼저 시험문제를 내고 통과를 하는지 안 하는지 한없이 지켜만 본다. 웃긴 것은 상대는 그것을 항상 통과하지 못한다. 왜냐하면 그것은 자신이 만든 시험기준이며 그것을 통과한다는 것은 불가능에 가깝다. 적당한 선이라는 것은 없으며 통과하지 못할 기준 혹은 이유라는 것을 항상 상대에게 들이대는데 어떻게 통과하겠는가? 결국 자신이 좋아하는 만큼 표현하지 못하고 좌절하고 만다.

따라서 당신이 서툴다고 생각하고 표현력이 부족해서 마음만큼 보여주는 것이 힘들다면 당신이 어떻게 상대에게 행동하고 말하는지 그 태도를 생각해볼 필요가 있다.

앞서서 다루었듯이 솔직해지는 것이나 뻔뻔한 것은 누구나 다 할 수 있고 뻔한 이야기다. 하지만 왜 못하는가? 그 이유는 결국 뒤에 숨어서 상대의 마음을 떠보는 것이 더 구미가 당기기 때문에 초심자들은 결국 그것 때문에 자신의 연애가 망쳐진다는 것을 모른다. 정말 진정한 꼼수는 내가 하고 싶은 말을 하는 것이다. 왜냐하면 결국 그렇게 말했기 때문에 내 마음만 살피던 그 혹은 그녀는 그 말의 힘에 휘둘릴 수밖에 없다. 싸울 때 흔히들 말하지 않는가? "진작 말하지!" "그럼 그때 말했어야 할 거 아니야?" 그렇기 때문에 눈치 보지 말라. 감정이 있다면 어떻게 그대로 전달할지 생각하라. 요령 있게 전달하거나 요령 있게 호감 사는 그런 것은 없다. 그냥 당신이 생각하는 느낌을 그냥 간절한 만큼 전달하고 행동하면 된다. 잘 보이려고 하거나 잘 말하려고 하기 전에 지금 당신이 생각하고 있는 것을 고스란히 옮기는 것을 먼저 하도록 하라.

집착

상대방을 좋아하는 당신의 마음은 연인이든 그냥 호감을 가지는 마음이든 결국 삐뚤어지게 될 경우 '집착'이라는 문제로 이어지게 된다. 이것은 연인 사이의 문제 중 가장 최악인 '이별'이라는 상황으로 이어졌을 때도 마찬가지이며, 결국 회복할 수 없는 길로 자신을 이끌게 된다. '그 사람이 없으면', '그 사람만 있으면' 이런 식으로 극단적으로 자신을 몰고 가게 되며 이성적인 접근보다 감정적인 접근이나 감성적인 접근만 고려하게 되어 결국 자신이 가진 감정의 짐을 상대방에게 떠넘겨 상대방이 자신을 부담스럽게 느낄 수밖에 없게 한다.

결국 당신은 그런 상대를 이해하지 못하여 '그 사람이 좋아서 그러는 것인데' 혹은 '나에게 친절했고 나를 사랑하던 그 사람이 변해서'라는 식으로 자신의 입장에서만 생각하게 된다. 또 자신을 바닥으로 몰고 가며 상대방 입장에서는 이해나 설득도 되지 않기 때문에 그런 당신을 보면서 점점 지치거나 부담을 넘어서서 당신을 피하게 되거나 멀리하게 된다. 결국 이별 혹은 관계가 차단되는 상황이 발생한다. 따라서 그 사람에 대한 간절함이 너무나도 유별나게 강하다고 생각하는 경우에는 이러한 상황이 발생할 것을 대비해서 당신이 해야 할 일은 다음과 같다.

- **언제든 감정을 이야기할 만한 사람을 만들어두기**
- **자신이 간절함을 가지는 그 사람과 의도적으로 거리를 두기**
  - 연인 사이라면 보통 상대의 일과라던가 평상시 행동을 통해 과거의 행동 혹은 만나는 횟수 등을 비교할 수 있으므로 만일 자신의 애인이 자신에게 갑갑함을 느끼기 시작한다면 차라리 한 달 혹은 한 주에 만나는 날

을 미리 정해두기, 하루 일과 중 연락하는 시간 미리 정해두기 등으로 자신이 연락이 안 되었을 때 서운함을 느끼거나 '왜 만나자고 하지 않는 거지?' 등의 생각을 최소화할 수 있는 것이 좋다. 하지만 만일 '그렇게까지 그 또는 그녀와의 사이를 딱딱하게 해야 하는가?' 하고 스스로 생각한다면 연락이 잠시 안 되었다고, 상대가 자주 만나자고 하지 않는다고 서운해하는 자신의 감정에 대해 상대가 어떻게 느끼는지 솔직히 물어보자. 자신의 상태를 솔직히 인정하고 파악하고 해결하는 게 커플이 오래 유지될 수 있는 비결이다. 상대가 만나는 것에도 연락하는 것에도 압박을 느끼기 시작하면 언젠가 그것은 성격차이라는 이별의 원인이 될 수 있다.

■ **올바른 연애 지식 기르기 & 문제가 생길 경우 도움을 받기**

- '그냥 어떻게 되겠지' 혹은 당신이 흔히 접할 수 있는 블로그 상의 연애지식 혹은 주변 여러 친구들의 참견만으로는 올바르게 문제를 개선할 수 없는 경우가 많다. 대다수의 경우에는 처음부터 친구들의 잘못된 조언으로 헤어지는 경우도 있다. 연애 지침서 한 권을 더 사서 읽거나 데이트 코치 혹은 연애 컨설턴트가 운영하는 카페에 상담을 신청하여 올바르게 극복하는 게 더 현명하다.

■ **항상 무언가 해야 한다는 생각을 버릴 것**

- 때로는 지금 상태가 가장 좋은 상태인지도 모른다. 가만히 있으면 악화라도 안 되는데 더 많이 무언가를 해야 할지도 모른다는 조바심 때문에 상황을 더 악화시킬 수도 있다.

집착이 만드는 상황은 대부분 이별 혹은 관계의 악화, 관계의 종료 및 차단까지 이어지기 때문에 사람을 극단적으로 몰고 가는 경우가 대부분이다. 그렇기 때문에 감정적이 되기 쉬우며 이성적이 될 수 없기 때문에 절대 혼자서는 극복하기가 힘들다. 당신이 간절하다면 간절한 만큼 이성적으로 행동할 수 있도록 해야 할 것이다. 내가 그 사람에게 나의 간절함의 짐을 얹어준다고 해서 그 사람이 나를 더 좋게 볼 리는 없지 않겠는가? 내가 좋아하는 상대(애인이든 썸녀 혹은 썸남)에게 부담을 주지 않는 것이 목적이니 말이다.

진심

당신이 애써 진심을 꾸미지 않으려 해도 혹은 나름 꾸며서 그것을 전달 또는 표현하기만 했다면 그것은 그때부터 상대의 몫이라고 봐도 된다. 그렇기 때문에 당신은 전달한 것에 대해서는 일단 더 이상 무언가 하려고 하지 말고 상대가 그것을 어떻게 받아들이고 있는지 묵묵히 그리고 태연하게 지켜볼 필요가 있다. 그리고 당신이 내뱉은 말 그리고 행동에 따라 다음에 둘 사이의 관계에서 그것을 이어나갈 필요가 있다.

연애 초기에는 "나는 네가 좋으니까 ~할 거야."라는 식으로 자신감 있게 행동하고 그다음부터는 부끄러워서 혹은 수줍어서 아무것도 안하고 있다면 그냥 뻘쭘한 혹은 어색한 상태로 그 이야기를 하기 전 상태 혹은 더 답답한 상태가 이어지게 될 것이다. 혹은 당신이 '좋아한다, 사랑한다' 등의 이야기를 했는데 상대가 그것에 대한 반응 시간이 느린 나머지 혹은 그것에 대한 반응이 시원찮은 나머지 당신이 더욱더 무언가 하려고 안달 나 있다면? 결국 상대는 당신이 어떤 말을 하든 느끼지 못하게 될 것이다.

따라서 '진심'을 전달했다면 그 이후의 말과 행동은 그것에 대해 무언가 더 첨가하려고 하기보다는 전달한 것에 묵묵히 충실하면서 상대가 어떻게 반응하는지 지켜보아야 한다. 예를 들면 당신이 서툴러서 뭔가 화려한 것이나 멋있는 것을 스스로 하지 못한다고 생각해서 그냥 '좋아한다'라고만 이야기를 한 상태에서 상대가 바로 거절하지 않았다면 그 상태에서 생각할 시간을 달라고 한다면 생각할 시간을 줄 수는 있다. 하지만 그 이후 당신은 그 고백에 안달 내기보다는 그냥 고백하기 이전처럼 이야기를 걸고 조금은 더 말을 많이 걸고 조금은 더 많이 웃어줄 수 있다. 하지만 상대는 '얘는 나한테 고백했는데, 날 좋아하는데.'라는 생각에 마음이 많이 바빠지고 복잡한 상태에서 당신을 바라볼 것이다. 그런 상태에서 당신이 먼저 선수를 치면 된다. "너무 복잡하게 머리 아프게 생각하지 마. 그냥 내가 널 좋아한다는 건데 뭐." 당신은 이미 진심을 전달했고 보여주었다. 더 숨길 것이 뭐가 있겠는가?

앞서서 얼마나 뻔뻔해질 수 있는가에 대한 이야기를 했다. 그것을 돌이켜봤을 때 당신의 진심을 전달하고 난 이후에 얼마나 조바심을 내지 않고 그냥 그 말에 따라 행동할 수 있는가에 따라서도 달라진다. 뻔뻔해질 수 없다면 혹은 태연해질 수 없다면? 계속해서 당신은 상대의 마음을 확인하려 들 것이고 이렇게 저렇게 상대를 떠보고 찔러보고 그러다가 스스로 지칠 것이다. 스스로 마음 편하기 위해 확인하려고 하지만 아이러니하게도 스스로의 마음을 더욱더 지치게만 할 뿐이다.

진심+사실 & 실리지명분

속이는 것이 아니다

앞서서도 다루었지만 거짓이 있어서는 안 된다. 선의의 거짓말은 할 수 있는 것이 아니냐 고 하겠지만 그런 상황에 꼼수를 쓸 일이 뭐가 있겠는가? 다 허울 좋은 소리일 뿐이다. 처음부터 꼼수를 쓸 것이라면 생각해두어야 할 것은 꼼수는 절대 거짓이 아니라는 사실을 알아두어야 하며 잊지 말아야 한다. 자신이 가지고 있는 진심과 사실을 토대로 상대에게 행하거나 보여주거나 유도하는 것이 되어야 한다.

그 과정에서 내용이 축약되거나 상대가 선택할 수 있도록 많은 것들이 보일 수 있다. 하지만 거짓이 되어서는 안 된다. 쉽게 생각해보면 이런 것이다. 당신이 평소 호감을 가지던 여자가 있다. 당신의 상황은 내년에 군대를 가야 한다. 하지만 그녀에게 당장은 말하지 않을 수도 있다. 또는 당신이 소개팅을 나갔다. 꽤나 좋은 차를 가지고 있다. 굳이 말하지 않아도 되지만 당신이 무슨 차를 가지고 있다는 것을 그냥 은연중에 흘리듯 말할 수도 있는 것이다.

당신이 가지고 있는 물질, 시간, 외모, 자격, 성격 등 모든 것을 자유롭게 축약 & 강조하면서 그것을 통해 당신에게 유리하게 만드는 전략을 써야 한다. 당신이 생각했을 때 스스로 연애스킬이 뛰어나지 않거나 유창한 언변을 지니지 않았다면 결국 당신은 결정적인 한방, 쉬운 지름길 하나로 결정적인 계기를 마련하는 것이 가장 좋을 것이다. 그렇다면 당신이 정말 탈탈 털어서 위의 다섯 가지 중 아무것도 가진 것이 없는 사람이 아닌 다음에야 당신은 그것 중 하나를 강조 혹은 축약함으로써 당신에게 유리한 상황이 되도록 '이야기'를 만들어낼 수 있다는 것이다. '순수 100% 진실'을 말이다.

또한 당신은 위의 것들을 생각하면서 '도덕성'이라는 것에 치우친 '명분'을 심하게 개입시켜서는 안 된다. '내가 이것을 말함으로써 주변에서 나를 보는 시선은?' '내가 이것을 말하지 않아서 그 여자 혹은 그 남자가 받게 될 불이익은? 나는 그 또는 그녀를 속인 것이 아닐까?' 결과적으로 이런 식으로 자신이 거짓을 행하여 이익을 취하고 있다고 스스로를 코너로 몰고 가게 되는데, 그것이 잘못된 것임을 위의 예제를 다시금 들어서 설명하겠다.

군대를 가는 여부에 대해 아직 당신과 아무런 사이도 아니고 잘될지 어떨지, 나를 좋아할지 아닐지도 모르는 여자에게 미리부터 말한다는 것은 결과적으로 "내가 이런 불리한 상황을 가지고 누굴 좋아하겠어요?"라고 하는 것과 같다. 만일 누군가와 썸을 타고 어느 정도 호감이 발생했을 즈음 이야기를 해서 그때 그녀가 선택하게 해도 늦지 않다. 왜냐? 호감이 전혀 없던 시절에 이야기를 했다면 그냥 호감으로 끝냈을 것이다. 하지만 썸을 타고 거의 사귈지도 모르는 그녀가 만일 그런 정보를 듣는다면 적어도 고민은 할 것이다. 또한 차가 있는 것을 흘린 것에 대해 혼자 고민하는 것을 생각해보자. 남들이 그것에 대해 수군거리든 아니든 그것은 커플이 된 이후에도 어떤 형태로 말이 나오려면 나올 수 있다. "저 여자는 저 남자 차를 보고 사귄게 분명해."라는 식으로 말이다. 당신의 물질적인 능력이 당신을 선택하는 기준이 되었다고 해서 부끄러워해야 할 것은 아니라는 것이다. 결국 그 또한 당신의 능력 중 하나이고 유일하게 그것만이 당신을 선택한 기준은 아닐지도 모르기 때문이니 말이다. 또한 누군가를 속여서 당신이 이익을 보고 있는 것이 아니지 않는가? 실리를 선택했다고 해서 속이는 것은 아니라는 것이다.

따라서 명분에 대해 생각하기보다는 차라리 그 명분(혹은 여러 가지 이유)이 있었더라면 혹은 없었더라면 할 수 있을 행동을 생각해보라. 그리고 그 행동을 그냥 하면 되는 것이다. 그 명분이 당신의 연애를 더욱더 돋보이거나 빛나게 해주는 것은 아니다. 생각해보라. 헤어지든, 고백을 했을 때 실패하든 항상 당신은 주저한 것이나 하지 못한 것에 대해 후회한다. 왜 그렇겠는가? 다 그놈의 명분 때문이다.

평범하려고만 한다면?

당신이 자신에게 조금이라도 유리하게 행동하려고 하면 당신은 이내 이런 생각을 하게 될지 모른다. '이것은 남들이 하지 않는 일반적인 행동이 아닌데 남들이 봤을 때 내가 이렇게 해서라도 그 여자 혹은 그 남자를 얻으려고 하면 비웃지는 않을까? 그 이야기를 거짓이라고 하면 어쩌지?' 당신이 누군가를 얻기 위해 당신이 유리하게 행동하는 것, 즉 행동을 좀 더 많이 하든 혹은 적게 하든 혹은 더 많은 이야기를 하든 덜 하든 그것은 당신의 마음이다. 인간은 '평범' 혹은 '일반적인'이라는 테두리에서 살고 싶어 한다. 그러면서 자신이 좋아하는 사람에게는 '특별'하고 싶은 참으로 모순적인 생각을 가지고 있다.

당신이 평범하려고만 한다면 결국 진심을 전달하기는커녕 당신이 하고 싶었던 이야기의 절반도 꺼내지 못할 것이다 '진심+사실'에서 진심이 비중이 커야 하는데 진심은 점점 위축되고 비중이 줄어들어 결국 온통 사실들로만 가득 찰 것이다. 그 혹은 그녀와 밥을 먹고 커피를 마시고 영화를 보고 싶지만 결국 좋아한다는 말을 엄청나게 돌려서 하거나 표현을 하지 못하거나 혹은 좋아한다는 티를 냈을 때 남들이 이상하게 볼까 봐 좋아하는 티를 못 내고 영화도 보고 커피도 마시고 밥도 먹자는 말 한마디도 못한다. 단 한마디면 모든 상황이 속 시원하게 풀리는데, 결과적으로 커피 한잔 하자는 말이든 밥 먹자는 말이든 좋아한다는 말이든 그 한마디를 못해서 혹은 '그 말을 하는 것에도 이유가 있어서'라는 스스로를 위안 삼는 말이든 하여 결국 그 기회를 다른 사람에게 넘기게 되거나 계속 속앓이만 하게 된다. 당신이 좋아하는 상대에게 특별하고 싶다면 특별하게 행동하라. 좋아하는 사람 앞에서 좋아한다는 티는 낼 수 있어야 하지 않겠는가? 당장도 못하면서 사귀면서는 어떻게 하겠는가? '그건 상대도 내게 해주니까 상대도 그렇게 생각할 수 있지 않을까? 내게 좋아하는 티를 내주는 사람 있으면 해줄 텐데.' 하고 말이다.

습관

어쩌다가 한번 마음먹고 작정하는 개념에서 행동하게 된다면 상대가 보기에는 어딘가 계속 이상하게 보일 수밖에 없다. 그것도 그럴 것이 당신을 몇 번 본 적이 없는 대상이라면 크게 느끼지 못할지 모르지만, 만일 당신을 자주 접할 수밖에 없는 사람이라면 혹은 당신과 24시간 함께하고 싶을 정도로 사랑에 빠져 있는 애인이라면 무언가 노리고 있는 듯한 당신의 어색한 행동 혹은 말 등은 상대로 하여금 당신을 신용하지 못하거나 가까워지는 것에 오히려 시간을 두는 이유로 작용하게 된다.

그 예로 가령 당신이 무언가를 알리는 것에 있어서 일단은 줄여야겠다고 생각하고 지나치게 상대에게 당신이 하고자 하는 것을 축소시켜서 이야기한다면 그저 숨기는 것밖에 안 된다. 그렇게 되면 '신비감'은커녕 상대의 입장에서는 그런 당신을 보면서 '저 사람은 내게 마음을 열지 않는 사람' 정도로 간주할 것이라는 것이다. 결국 당신은 그것으로 인하여 유리한 전략을 세우려다가 상대와의 거리를 가깝게 하는 것에 실패하고 결국 자신의 장점을 어필할 기회를 놓치고 만다는 것이다.

연애를 잘하는 사람은 정말 남다르거나 특별하지 않는 사람이 대부분이다. 무슨 말인가 하면 연애를 하는 순간에만 갑자기 특별한 사람이 되기 때문에 연애를 잘한다는 것이 아니다. 평상시에 옷 스타일을 남다르게 입고 다닌다거나 하다못해 누가 보는 것도 아닌데 항상 깔끔하게 입고 다닌다거나 누가 자신을 평가하는 것도 아닌데 항상 바른생활을 한다거나 매너 있게 행동한다거나 평상시에 누가 시키지 않아도 정말 자연스럽게 습관처럼 한 행동들이 그냥 자기가 좋아하는 여자친구에게 혹은 남자친구에게 조금 더 신경 쓰는 것으로 이어진 것뿐이다. 그렇기 때문에 굳이 연애를 하기 위해 매너를 연습한다거나 말투나 옷차림 등에 있어서 급 신경을 쓰고 있다면? 우선 생각을 다시 해보는 것이 좋을 것이다. 물론 그 혹은 그녀에게 보이기 위해 신경을 쓰는 것은 좋다. 하지만 '단지 누군가를 얻기 위해 그 순간에만' 자신을 변화시키고 가꾸는 사람은 그 혹은 그녀를 얻고 나면 이내 그 노력을 하기 이전의 자신으로 돌아갈 가능성이 크다. 왜냐하면 목적을 달성하기 위한 노력을 더 이상 할 필요가 없고 이전의 노력하는 자신보다는 편하기 때문이다. '그것이 원래의 자신이고 그것을 인정 혹은 이해'받을 수도 있어야 한다고 생각하기 때문이다. 진심을 보이고 싶은가? 그렇다면 우선 주변사람들에게 평상시 내가 어떻게 하고 있는지, 나는 어떤 마음가짐으로 대인관계를 하고 있는지 생각해보라. 연애도 대인관계의 하나일 뿐이다. 나라는 사람의 인격을 훈련하는 것은 순간적으로 되는 일이 아니다.

연애
꼼수를
말하다

Part 2
연애 꼼수를 원하다

당신이 꼼수를 원한다면?

서툴다고 무조건 쉬운 길만 찾지 말라

내가 예전에 다뤘던 케이스 중에서 대학생이 한 명 있었다. 그는 흔히 말하는 '모솔(모태솔로)'이었는데 그는 총 세 번에 걸쳐 내게 상담을 청했다. 첫 번째는 다른 과에 좋아하는 여학생이 있는데 일방적으로 선물공세를 펼치고 있다는 내용의 이야기였다. 물론 그전에 그가 좋아하는 여학생과 몇 번의 이야기가 오갔으나 결국 그녀는 그를 무시하는 형식으로 밀어내고 말았다. 나는 그에게 '친근해지기'와 '자연스러움'이라는 형식으로 그녀를 만나면서 부담을 느끼지 않도록 한 번에 무언가 큰 것을 해줘서 호감을 얻으려 하지 말고 소소한 것으로 호감을 얻을 것을 조언해주었다. 하지만 그는 자연스럽게 대화를 한다거나 친구 같은 편안한 대화를 하는 것보다 무조건 바로 빨리 사귈 수 있는 방법을 원했다. 결과적으로 그녀와 잘되지 않았으나 그다음에 좋아하게 된 여자와는 바로 빨리 사귀게 되었는데, 그것이 문제가 되어 얼마 안 가서 헤어지고 나서야 그는 자신의 문제에 대해 뼈저리게 후회하고 반성하게 되었다. 참으로 안타까운 일이었지만 이미

지나간 시간들을 돌릴 수는 없는 노릇인데다가 그는 그 후에 후회하면서도 그녀를 되찾고자 함에 있어 계속해서 앞서서 한 실수를 반복했는데, 결국 상담이 이어지지 않아 그 후에는 어떻게 되었는지 알 수 없다.

당신이 서툴다고 해서 항상 쉬운 길, 지름길, 빠른 길만 선택해서 여자 혹은 남자를 유혹했을 때는 반드시 그것에 따른 대가가 따르기 마련이다. 당신이 시작한 연애는 언제든 당신을 시험에 들게 할 것이며 위의 남학생이 겪은 상황 또한 마찬가지였다. 서툴기 때문에 좀 더 쉽고 빠른 길을 택할 수는 있다. 또한 흔히 말하는 손발이 오글거리는 상황을 피해서 자기는 그냥 말 그대로 '연인'이 되고자 해서 그 목적을 달성할 수도 있다. 하지만 그 후에는? 말 그대로 이런 것이다. 동화에서 신데렐라 혹은 백설공주가 행복하게 잘살았다고 하지만 행복하게 어떻게 잘살았는지에 대한 이야기는 나오지 않는다. 지금 이 책을 읽고 있는 당신이 이제 곧 연애를 시작하게 된다면 생각해보라. 연애가 시작된다면 당신은 어떻게 연애를 '잘'할 것인가? 바로 그런 이야기이다. 그냥 연애를 하면 어떻게 되겠지? 남들처럼 깨소금 치겠지? 절대 그런 것 없다. 당신이 어떻게 하느냐에 따라 어색한 연애가 될 수도 있고 정말 남들 다하는 연애가 될 수도 있다. 내 남자친구가 날 사랑하느냐 좋아하느냐로 고민하는 연애가 될 수도 있고 아닐 수도 있고, 내 여자친구가 날 사랑하느냐 아니냐 좋아하느냐 아니냐 확인하는 연애가 될 수도 있고 아닐 수도 있다. 결과적으로 당신이 쉬운 길을 택한다면 그만큼 그 과정은 빠르게 다가온다는 사실이다.

당신이 서툴다고 해서 연애를 할 때 저지른 실수가 항상 용서되는 것은 아니며, 서툴기 때문에 상대가 보다가 답답하면 대신 리드하거나 가르쳐주는 것도 아니다. 따라서 당신이 쉬운 길, 지름길, 빠른 길을 택해서 당신이 좋아하는 사람의 마음을 얻을 확신이 섰다면 한번 생각해보자. 그 혹은 그녀와 사귀면서 나는 얼마나 잘할 자신이 있는가 하고 말이다. '그냥 막연히 사귀면 좋겠지 혹은 어떻게든 되겠지, 상대가 하는 거 보고 나도 맞춰서 해야지.' 그런 것은 없다. 적어도 연애를 할 것이라면 마음의 준비는 해야 한다.

휘둘리지 말 것

이것은 자신의 이야기다. 남의 이야기가 아니며 남과 내가 함께 가는 것도 아니다. 그렇기 때문에 '남들은 이렇게 하니까 되었다는데' 혹은 '다른 여자들 혹은 남자들은 이렇게 하니까 좋아하던데'라는 식으로 비교대상 혹은 당신이 하는 행동에서 안정을 찾기 위해 계속해서 사례를 찾지 않는 것이 좋다. 그리고 친구와 이야기하면서 친구의 비슷한 이야기, 친구의 사연. 친구의 선택 등에 굳이 영향을 받을 필요는 없다. 다시 한 번 말하지만 이것은 당신의 이야기이다. 당신이 그 사람을 좋아하는 것이지 남이 그 사람을 좋아하는 것이 아니며, 남들의 기준은 항상 앞에 이런 이야기를 달고 시작한다. "솔직히 말하자면…"

당신은 그 이야기를 듣자마자 그 '진솔한' 이야기가 나를 위한 것이기에 자신의 마음이 끌리는 것과는 달리 경계 혹은 걱정을 하게 되며 결국 머릿속이 엉망이 되고 만다. 물론 올바른 지표를 세워줄 사람은 필요하다. 하지만 당신이 결정을 내리지 못하겠다고 해서 이곳 저곳 혹은 아무 연애지식을 끌어다가 당신이 생각하는 것과 일치할 때까지 찾아보는 행동은 하지 않는 것이 좋다. 결국 당신은 당신이 하고 싶은 대로 했으면 좋겠지만 타인이 조금이라도 고개를 흔드는 일이라면 그것이 틀어질까 봐, 행여나 좋아하는 이를 잃을까 봐 남들이 다 고개를 끄덕이는 일을 하려고 하는 것이니 말이다.

하지만 애석하게도 그렇게 될 경우는 드물다. 왜냐하면 사람들은 '걱정'이라는 미명하에 당신의 연애사에 이런저런 '참견'을 할 것이며 그들 자신의 연애관에 당신의 연애를 끼워 맞추기 시작할 것이다 '솔직히 말해서' 그 뒤에는 '나라면'이 따라붙는 것이 괜히 따라붙는 것이 아니지 않겠는가? 당신의 이야기를 축소하든 늘리든 혹은 당신의 행동을 더 과하게 하든 덜하든 그것은 당신의 선택이다. 조금이라도 연애를 발전시키고 싶다면 혹은 다음에는 조금이라도 능숙하게 상대에게 전략적인 접근을 하려고 한다면 당신은 누군가의 간섭이 없는 결정과 행동을 해볼 필요가 있다. 그렇지 않다면 언제나 당신은 휘둘릴 것이며 당신은 꼼수를 쓰는 것이 아니라 그냥 도덕적인 선택을 하고 행동하는 것일 뿐이다.

할 거라면 제대로 해라

당신이 보이고자 하는 것이 당신의 유머러스함인가? 혹은 당신의
외모적인 부분인가? 혹은 당신의 물질적인 능력인가? 다른 것이 부족
하거나 다른 것보다 이런 것들이 돋보여서 이것을 통해 상대방에게
어필하고 점수를 땀으로써 당신이 그 사람의 마음을 얻고자 하거나
혹은 목적을 이루고자 한다면 당신은 어중간하게 행동해서는 안 된
다. 앞서서도 말했지만 꼼수를 쓰는 목적은 자신이 원하는 바를 위
해 여러 번 할 행동을 몇 번으로 줄여서 하는 것이기 때문에 최대한
상대방에게 크게 어필해서 원하는 바를 얻어내지 못하고 결국 여러
번 행동해야 한다면 실패했다고 봐도 무방하다.

여러 번 행동하게 되는 경우에는 결과적으로 '내가 상대방에게 잘
보이려 하기 때문에' 혹은 '그 혹은 그녀와 잘되려고 하기 때문에' 발
생한다. 왜 그런가 하면 무언가 하나를 부각시키는 행동을 하다 보면
자신이 감추고자 하는 모습뿐만 아니라 다른 모습 역시 빛을 보기가
힘들다. 하지만 당신은 그 혹은 그녀에게 '나는 단지 그것만 괜찮은
사람이 아니라 다른 것도 괜찮은 사람이다.'라는 인상을 심어주고 싶
을 것이다. 왜냐하면 '겨우 그 정도밖에 안 되는 사람'으로 보이고 싶
지는 않을 테니 말이다.

결국 부각되어 보이는 것에 신경을 그만큼 덜 쓰게 되며 강한 인상을 심어주고 그것을 통해 다른 모자란 부분이 커버되거나 혹은 당신이라는 사람 그 자체를 매력적이게 보여야 하는 것이 힘들어질 수밖에 없는 것이다. 당신의 욕심 때문에 말이다. 그 혹은 그녀는 당신의 모든 점이 완벽하기 때문에 사귀는 것이 아니다. 당신의 어떤 점이 마음에 든다면 혹은 어떤 점이 정말 뇌리에 강하게 박힌다면 그것 때문에 당신을 잊지 못하게 되는 것이며 당신을 더욱더 매력적으로 보는 것이다. 흔히 길을 걷다 보면 자신이 보기에도 외모적으로 어울리지 않는 커플이 지나다니지 않는가? 그런 커플들의 경우가 바로 이 이야기를 뒷받침하고 있다. 당신의 모습 하나만 제대로 어필해서 매력으로 각인시킬 수 있다면 당신은 그 어떤 누구와도 사귈 수 있는 가능성이 생긴다. 당신이 좋아하는 사람 앞에서 좋은 사람이고 싶은 마음은 알겠다. 하지만 욕심은 그만 내고 하나에만 충실하자.

개인의 사정&이유

짝사랑을 끝내고 싶을 때

오랜 시간 계속해서 질질 끌고 싶지 않거나 혹은 너무 오랜 시간 질질 끌었다고 생각한 당신은 결국 그 사람에게 '말해야겠다' 혹은 '질러야겠다'고 마음먹고 그 혹은 그녀에게 다가서려 한다. 하지만 어떻게 해야 할지 모를 때 당신은 우선적으로 마음을 들키지 않고 상대방을 찔러보거나 혹은 당신이 말해도 그 사람을 잃지 않을 방법을 찾고자 할 것이다. 앞서서 거짓말을 하지 말고 그냥 사실을 솔직하게 있는 그대로 말하는 것이 가장 좋은 전략이라고 말했으나 이 단계에 있는 사람들은 그러는 것이 주저되며 힘들기 때문에 속마음을 떠보는 방법을 찾거나 해서 실패하더라도 잃지 않을 경우 혹은 성공 확률을 최대로 하는 방법을 찾고만 있다. 그런 경우에는 앞서서도 언급했지만 당신이 그 사람에게 얼마나 이성으로 보였는지, 보이려고 노력했는지를 먼저 생각하고 판단할 필요가 있다. 앞에서도 언급한 바 있지만 이성으로 보일 수 없다면 고백해봐야 상대를 놀래키기만 하고 말짱 도루묵이 될 뿐이니 말이다.

따라서 짝사랑을 끝내려고 하는 당신이 한 번도 상대에게 이성으로서 어필한 적이 없다면 고백보다는 이성으로서 어필을 시작하는 것을 추천한다. "나 너 좋아해."보다는 데이트신청을 해서 둘만의 시간을 가지면서 상대에게 "이렇게 너랑 있으니 참 좋다."는 말을 먼저 하는 것이 우선되어야 한다는 것이다. 성급하게 마음먹지 말라, 그 상대가 지금 당장 누군가를 좋아하고 있는 것이 아니라면 급하게 마음먹으면 오히려 당신의 짝사랑은 영화나 드라마 속 이야기처럼 혹은 슬픈 노래 가사처럼 그냥 슬프게 끝나고 말 테니 말이다. 당신이 그 사람을 얼마나 좋아하는지 보여주고 싶은가? 우선 그것을 티를 내라. 그것이 좋아한다는 말보다 먼저다.

개인적인 사정으로 선택을 내려야 할 때

군대, 결혼, 취업, 학업 등 사람마다 개인적인 사정은 여러 가지가 있으며 그것은 항상 수많은 연인 혹은 연애를 생각하는 이들에게 고민을 안겨주곤 한다. 그 선택의 기준이 시간일 수도 있으며 물질적 기준이 될 수도 있으며 업적의 기준이 될 수도 있다. 연애를 하면서 혹은 연애를 하고자 할 때 이러한 '개인적인 사정'으로 인하여 고민을 안 해본 사람은 없으며 저마다 그로 인하여 고민하게 된다. 물론 시작에서만 고민하게 되는 것은 아니며 직장에서 연애를 하게 되는 사내 커플 혹은 같은 학교 동아리, 같은 학교 같은 과에서 연애를 하는

CC의 경우에는 이별을 하게 될 경우 항상 어떤 선택을 내릴 수밖에 없는 상황에 처하게 된다. 이러한 선택들은 결코 달가운 것이 아니며 사람을 참으로 비참하게 혹은 마음 아프게 만드는 경향이 있다.

공부를 해야 하기에 혹은 군대를 가야 하기에 지금은 때가 아니라서 연애를 못하거나 어려운 것에 대한 것을 놓고 선택을 한다면? 혹은 '지금은 결혼할 적당한 때가 아니라서' 혹은 '아직 준비가 덜 되어서'라는 것을 놓고 상대와의 대면에서 무언가를 선택해야 하는 입장이라면 당신은 어떻게 하겠는가? 여기에서 당신은 이러한 대화를 피할 방법 혹은 이러한 상황에 처음부터 처하지 않을 방법을 찾고 있을지도 모른다. 그런 당신에게 해주고 싶은 이야기는 당신이 원하는 것과 현실이 어디까지 타협 가능한지를 우선 생각해보라는 것이다. 그런 다음에는 원하는 것을 내려놓고 나서 후회할 것인가 후회하지 않을 것인가를 생각해보라는 것이다.

흔히 이런 이야기를 한다. 당장에 중요한 과업을 이루기 위해 그깟 연애 혹은 여자나 남자는 몇 년 혹은 얼마쯤 미룰 수 있다. 혹은 그 것을 이루고 나면 자연스럽게 따라오는 것이라고 말이다. 물론 그럴 수도 있다. 물질만능주의 또는 황금만능주의가 되어가고 있는 요즘 이라면 당신이 어떤 업적을 이루든 그 가치로 당신의 사랑 또한 살 수 있는 시대가 될지 모르니 말이다. 하지만 지금 당신이 고민하는 상대의 가치는 당신이 후회하지 않을 것이라면 모를까 후회할 것이라면 다시는 살 수 없는 가치이니 잘 생각해보는 것이 좋다. 지금 당신 앞에 가로막혀 있는 장애물 때문에 연애를 내려놓는다면 그것 이후에 발생할 장애물 때문에 당신이 원하는 그 연애를 또 놓치지 말라는 법이 없지 않는가 생각해보라. 정말 타협이 불가능한 상황인지 말이다.

연애에서 주도권을 잡고 싶을 때

연애를 할 때 흔히 생각하는 몇 가지 중 '또 상처받지 말아야지', '이번에는 휘둘리지 말아야지', '이번에는 잘해야지'가 대표적이라고 봐도 무방하다. 그렇기 때문에 밀당이나 상대방의 마음을 읽는 법 등에 특히 관심을 많이 가지며, 내가 행동을 적게 하고 상대방이 행동을 많이 하게 되는 것을 선호하여 나의 귀차니즘과 애정 확인을 하고자 하는 욕구라는 두 마리토끼를 동시에 잡기를 선호한다. 이것은 연애를 잘하는 것이라기보다는 연애를 편하게 하기에 가까운 것이며 그렇게 함으로써 자신이 상처를 받지 않고 연애를 똑똑하게 하는 것이라는 착각에 빠지게 된다.

연애에서 상대와 자신의 기 싸움에서 자신이 이기고 상대를 안절부절못하게 휘두르는 것으로 주도권을 잡았다고 생각하며 그것이 곧 전부라고 생각하는 경향이 있다. 결국 그것에 취하여 상대를 너무 휘두른 나머지 상대는 결국 지쳐서 떠나게 되며 그 순간 저울의 기울기는 확 기울게 되고 만다.

상대를 휘두른다거나 상대와의 소소한 기 싸움에서 이김으로써 상대가 나보다 행동을 더 많이 하여 자신이 생각했을 때 어떠한 형태로든 내게 애정을 확인시켜주는 행동을 하고, 내 몸이 조금이라도 더 편하도록 하는 것이 주도권을 잡는 것이 아니다. 주도권을 잡는다는 것은 결국 둘 사이의 관계를 끌어나가는 역할을 하겠다는 것이며, 언제나 둘 사이의 균형을 잘 맞추기 위해 행동하겠다는 의미이기도 하다. 상대가 좀 더 나를 믿고 의지하도록 하겠다는 뜻이기도 하고 말이다. 따라서 주도권을 쥐고 싶다면 꼼수를 쓰려하기 보다는 내가 얼마나 둘 사이에서 책임감을 가지고 행동할지를 먼저 생각해보라. 주도권을 쥔다는 것은 둘 사이에서 응석을 부리고 상대에게 기댄다는 뜻이 아니라 상대를 기대게 하고 책임을 지겠다는 뜻이니 말이다.

3

자신의 성격상의 이유로

무뚝뚝한 혹은 애교가 없는 성격

연애에 대해 생각할 때 가장 먼저 연인들의 달달한 혹은 닭살스러운, 흔히 말해서 핑크빛이라고 이야기하는 행동들을 떠올렸을 때 손발이 오그라든다거나 "나는 다 좋은데 그것만은 못한다."고 말하는 사람들이 있다. 혹은 말솜씨가 좋지 않아서 여자랑 이야기하는 것이 힘들다, 애교가 없어서 차라리 남자처럼 행동하는 것이 편하다고 말하는 부류들이 있다. 이럴 경우 연애를 시작할 때 혹은 연애를 하는 도중에 '상대에게 어떻게 하면 절묘하게 피하면서 충족시켜줄 것인가?'라는 것을 생각하며 그것이 힘들다는 것을 알게 되면 처음부터 차라리 자신과 성격이 맞는 사람 혹은 자신에게 맞춰줄 수 있는 사람을 찾기 시작한다.

하지만 언제나 그렇듯 자신이 마음에 드는 혹은 자신을 마음에 들어 하는 상대는 항상 처음과 같을 수 없으며, 시간이 지날수록 연인이라는 관계 안에서의 욕구로 인해 당신을 괴롭게 하며 당신이 생각하는 '나 스스로의 변할 수 없는 성격'을 상대는 바꾸려 하거나 그 이상을 넘어서 요구한다고 생각한다.

그렇다면 어떻게 하는 것이 옳을까? 그 혹은 그녀를 위해 자신의 성격이 무뚝뚝하거나 애교가 없더라도 변하는 것이 옳은 것일까? 아니면 그것은 자신의 고유의 특성이기에 항상 인정받을 수 있도록 주장해야 옳은 것일까? 당신이 무뚝뚝하고 애교가 없는 것에 대해 "나는 못해." 혹은 "원래 그래."라고 못 박아버리기 전에 다음의 것을 염두에 두고 생각해보도록 하자.

- 내 주변인들에게도 정말 무뚝뚝한가? 혹시 주변인에게는 친절하고 상냥하지 않은가?
- 나는 주변인들에게 어떤 사람인가? 주변인들의 경조사 혹은 친구들과의 관계에서는 친화력 혹은 사교성이 뛰어난 사람이 아닌가?
- 이전에 연애를 했을 당시 혹은 연애를 하기 위해 준비할 당시 나는 무엇을 위해 연애를 하려고 했는가?

당신이 생각해봐야 할 것은 다음과 같다. 당신의 연인이 보았을 때 지인들 혹은 친구들에게는 친절하고 적극적이며 활발한 당신이 자신에게만은 유독 소홀하고 "그럴 수도 있지."라고 항상 말한다면 혹은 당신의 연인이 그러하다면 그것은 '원래' 그런 성격이 아니라 '연애를 그렇게만 하고 싶은 것'이라고 봐도 무방하다. 그냥 내가 편해서 붙어 있기만해도, 그냥 내가 마음이 내키면 좋아한다는 표현을 나만의 방식으로 해도 되는 그런 사람이라는 것이다. 왜냐하면 당신이 그렇게 해도 당신을 좋아할테니 말이다. 또한 당신이 그런 사람이라면 당신은 그 상대를 좋아하지 않아서 그러는 것도 아니지 않은가? 단순히 '내가 믿고 편하게 대할 수 있는 사람'이라는 생각에서 그렇게 행동하는 것 아닌가? 여기서 단순히 생각하지 못하는 것은 어떤 입장이 되었든 그 반대쪽의 입장을 항상 생각하고 있지 않다는 것이 내가 지적하고 싶은 이야기이다.

당신이 지금 무뚝뚝하게 혹은 애교 없이 '원래'라는 말을 사용하며 연애를 하고 있든 혹은 당신의 연인이 그러하든 결국 그 어느 쪽도 상대의 입장은 전혀 생각하고 있지 않다. 결국 그것은 어느 쪽이든 지치게 만들며 '내 연인은 나를 좋아하지 않는구나.'라는 생각으로 몰고 가게 된다. 여자의 경우에는 '나의 매력이 떨어졌나?' 하는 생각으로 이어지는 경우도 발생하게 된다. 만일 연애를 할 때 '나는 무뚝뚝해서 혹은 애교가 없어서'라고 생각하면서 '진짜' 그런 성격이든 아니든 그것에 맞춰줄 사람 혹은 자신은 변할 생각 없고 그것을 감당할 자신이 있는 사람 혹은 상대가 그것을 감당하든 아니든 무조건 강요하고 있다면 그러면서 당신은 상대를 배려한답시고 적당한 타협선을 마련할 수 있는 연애비법을 찾아서 상대에게 들이댄다면? 말해주고 싶다. 이별하기 전에 상대가 원하는 모습, 작은 모습 하나라도 들어주라. 그렇게 되지 않는다면 당신은 헤어지고 나서는 당신이 곧 죽어도 하기 힘들다는 그것을 정말 쉽게 할 수 있다는 생각을 가지며 후회하게 될 것이다.

소극적인 성격

당신이 만일 소극적인 성격이라면, 흔히 말해서 내성적인 그런 성격이라서 조금의 행동 혹은 말로서 상대를 기쁘게 해주기 위해 간편한 방법을 찾는다면 그것은 앞서 다룬 무뚝뚝한 성격과는 다른 의미에서 잘못된 것이라고 생각할 수 있다. 앞에서 말했던 것처럼 부정적인 생각을 해서 그것을 통해 해답을 찾는 법을 적용해보자면 당신이 상대를 위해 '노력'이라는 이름하에 간편한 방법이라도 찾아서 상대를 끊임없이 충족시켜주려는 태도는 나쁘지 않을 수 있다. 하지만 결국 당신의 그런 태도, 즉 호의가 반복되면 결국 상대는 그 호의를 어느 순간 호의로서의 고마움보다는 습관처럼 생각하게 될 가능성도 있게 된다. 결국 연애라는 관계에서 균형이 어느 한쪽으로 기울게 될 가능성이 있으며, 당신이 가지고 있는 생각은 관계에서 자신이 소극적이기에 어느 정도 적극적이게 하는 것 말고는 당신의 남자친구 혹은 여자친구와 어느 정도 동등하게 지내고 싶을 것이다. 하지만 결국 그 행동 하나로 인해 모든 것이 기울고 당신은 하나부터 열까지 상대보다 많은 행동을 하고, 상대를 위한 행동이나 상대가 기분 좋을 행동을 하는 것이 어느 순간 마음 편한 상태로 바뀌어 있을 것이다.

아니나 다를까 대부분 밀당 혹은 상대방의 마음을 알고자 방법을 알고 싶어 하는 사람들의 경우 적극적인 성격보다는 '나는 소극적인 성격이라서', '또다시 상처 받고 싶지 않아서'라는 지극히 수비적인 혹은 방어적인 모습을 보이며 안전한 상황을 마련해놓고 그 상황 속에서 움직이고자 하는 심리가 두드러지게 보인다. 아이러니하게도 '소극적'이라는 울타리를 벗어나기 위해 한 행동이 결과적으로 자신을 더욱더 소극적이게 만들고 더욱더 치명적인 것은 그 행동이 습관적이 되며 그 행동에 의지하게 되어버릴 가능성이 크다는 것이다.

당신이 지난 세월 동안 썸을 타다가 실패해온 혹은 나름 다 퍼주었으나 헤어진 상황들을 생각해보라. 결국 당신이 그 마지막 순간들까지 행동했던 것은 그 혹은 그녀에게 '더 잘해줘서 상황을 돌리는 것' 혹은 '더 희망적이게 만드는 것'이 아니었던가? 그저 당신이 '더 잘하면' 잘될 것이라고 생각했을 테니 말이다. 당신이 만일 무언가 하는 것이 한없이 주저되는 소극적인 사람이라면 하나를 하더라도 간단명료하게 해서 점점 더 잘하려 하기보다는 '한 번에 크게' '조금' 하도록 하라. 당신이 조금 한다고 해서 당신의 마음을 모르는 것은 아니며, 당신의 가치를 아는 사람이라면 그런 당신의 노력에 당신을 아마 더 사랑해줄 것이다. 당신의 가치를 알아줄 수 있도록 행동하라. 그것이 당신이 진정으로 할 일이다. 자꾸 자주 무언가 해야만 할 것 같은 당신의 마음과 당신의 가치를 높이는 일은 전혀 다른 일이다.

너무 활발한 성격

당신이 너무나도 활발해서 '연애'라는 특별함에 대해 자신의 남자친구 혹은 여자친구와 자주 다투게 된다면? 흔히 말하는 "친구야, 나야?"라든가 "친구랑 노는 시간이 나랑 있는 시간보다 더 많은 것 같아." "친구한테는 시간이 나면서 나랑은 시간이 없어?" 등의 부류를 보면 지극히 사교성이 좋은 사람들의 경우에는 이러한 문제들과 자주 충돌하는 경우가 잦다. 당신은 이런 상황에서 '왜 나를 이해해주지 못하는 거지?'라는 생각을 당연히 하게 되며 또다시 그 고민을 자신의 친구들과 나누기 위해 애인을 등지거나 애인과의 대화시간을 줄이거나 피하고 친구들과 이야기하기 시작한다. 문제는 이것이 '애인이 싫어서'가 아니며 자꾸 충돌하니 '그 상황이 싫어서' 어찌할지 몰라서 고민하는 것이며 그 고민을 해결하기 위해 혹은 그 고민을 잠시나마 잊고자 가장 기분이 좋아질 방법을 찾는 것이다.

애석하게도 그 순간 각자의 입장에서 '이별'을 생각하기 시작하지만, 그 어느 쪽도 '정말 이별'할 것이라는 생각은 하지 않는다. 끝까지 상대와 이별하지 않기 위한 타협 혹은 조율을 하고자 하며 그것에 대한 기대를 버리지 않는다. 하지만 결국 '어느 한쪽의 행동'을 이별의 이유로 판단하며 그것을 근거로 이별을 결정짓고 만다. 문제는 이러한 이별의 과정이 다음 연애에서도 똑같이 혹은 비슷하게 발생하며 자신이 연애 운이 없다고 생각하거나 만나는 사람마다 자신을 이해하지 못한다고 생각한다. 그렇다면 과연 이런 당신의 연애 불운을 어떻게 하면 바로잡을 수 있을까? 적어도 당신이 그런 상황에 놓여 있다는 것을 알 수 있는 것일까? 답은 간단하다. 당신이 고민하고 있는 것을 친구와 이야기해서 답이 얼마나 나왔는지를 생각해보라. 항상 친구들과 이야기하면 나올 말들은 "잘될 거다." 혹은 "그 혹은 그녀와 진지하게 이야기를 해봐라." "그런 사람과는 헤어져라."라는 식의 이야기를 다시 한 번 돌이켜볼 필요가 있다. "그것은 과연 혼자서는 생각하지 못할 이야기였는가?"라고 말이다. 내가 해줄 이야기 역시 마찬가지다. 당신은 여태까지 흔하게 널려 있는 연애지침서 혹은 자기계발서 한두 권쯤은 읽어봤을 것이다. "긍정적으로 생각하세요." 혹은 "희망을 가지고 자신의 외적인 개발을 위하여 한 가지씩 실천하며 하루를 살아가세요." 등이 요지인 책들을 볼 때 어떤 생각을 가졌든 결국 당신은 그것을 당연하다고 생각하면서도 실천에 옮기지 못하지 않았던가? 결국 그런 것이다. 혼자서 생각해봐도 답이 나올 만한 이야기를 굳이 친구랑 이야기하는 것은 답을 원하는 것이라기보다는 단순히 그녀와 충돌하는 것을 피하는 것, 벗어나는 것 그 이상도 이하도 아니라는 것이다.

원하지 않는 이별을 막고 싶다면, 항상 똑같은 이별을 막고 싶다면 당신이 해야 할 일은 간단하다. 크게 뭔가 해명하려 하지 않아도 혹은 그럴듯한 말을 하지 않아도 좋다. 당신이 친구에게 하는 그런 말들, 즉 당신이 속마음을 다 터놓고 망가지거나 약해 보이는 혹은 한심해 보일지 모르는 그런 이야기들을 연인과 할 필요가 있다. 왜냐?

생각해보라. 당신의 연인은 당신이 외향적이라서 화를 내거나 서운함을 느낀 것인가? 당신이 사교성이 있어서 그렇게 느낀 것인가? 아니다. 단지 자신을 홀로 둔 것에서 그렇게 느낀 것이다. 당신은 혼자인 것 혹은 방치당한 것이 마음 아픈 사람을 내버려두고 그것을 해결하기 위해, 사태를 악화시키지 않기 위해 또다시 방치한 것이 아닌가? 답을 원하고 조율을 꼭 하지 않아도 좋다. 연애를 함께한다는 느낌을 주도록 하라. 당신이 항상 즐겁고 웃고 싶고 연애에서만큼은 머리 아프거나 진지하고 싶지 않은 것은 이해한다. 하지만 그러자고 그 상황을 피할 거라면 결국 이별하는 방법밖에는 없을 것이다. 당신의 그런 태도를 고치지 못한다면 아마 다음번에도 계속 반복될 뿐이다.

자신에게 자신감이 없을 경우

이전의 실패 경험으로 인해

모솔(모태솔로)이든 새롭게 연애를 시작하려고 하든 다시금 연애를 하려고 할 때 가장 먼저 드는 생각 중 하나는 '날 어떻게 생각할까?', '고백해서 성공할 확률이 있을까?'가 대표적이다. 물론 엄청나게 자신 있지 않는 다음에야 혹은 엄청나게 확신이 있지 않다면 당연하게 하는 생각이며, 그 생각들은 오히려 자극이 되어 준비를 철저하게 해주는 역할을 하곤 한다.

하지만 너무나도 자신감이 부족한 경우, 그것도 이전의 실패가 연속되어 '실패하면 어쩌지…?'라는 두려움의 형태라기보다는 '어차피 실패할 확률이 큰데.' 혹은 '잘되었으면 좋겠지만 어차피 안 될 텐데 고백하려니 친구도 못 될까 봐.'라는 식으로 자신을 몰아세우는 부류가 있다. 결국 이것은 앞선 실패들로 인해 자신감이 많이 없는 경우이며, 그런 경우일수록 극단적인 한방을 찾곤 한다. 왜냐하면 어차피 안 될 거 모 아니면 도라는 생각으로 행동할 것이니 말이다. 이런 경우에 가장 큰 문제는 '모 아니면 도'라는 행동을 자신의 진심을 담은 한방 정도로 행동하기보다는 '어차피 안 될 거 그냥 한번 질러나 보지 뭐' 정도로 행동할 가능성이 크다는 것이다. 왜냐하면 이전의 실패들로 인해 고백한다는 것에도 이제는 지칠 정도이며, 마음에 들기는 들고 이대로 포기하기는 싫지만 선택권이 없으니 좋아하는 마음 때문에 그냥 말 그대로 어쩔 수 없어서 하는 것이기 때문이다.

이전의 실패 경험을 안고 또다시 연애를 시도한다는 것은 매우 고역스러운 일이다. 계속해서 '또다시 상처받고 싶지는 않아.'라는 생각으로 자신을 무장한 상태라면 자신이 뭔가 먼저 시도한다는 것에서부터 일단 피해의식을 가지고 시작하는 사람도 있을 것이며, 그것이 심지어는 자존심 상한다고 생각하는 사람도 있을 것이다. 하지만 자신이 앞서서 실패를 얼마나 했든 한 번도 실패한 적이 없든 간에 마주하는 그 상대는 항상 자신이 처음이라는 생각을 할 필요가 있다. 당신은 이별을 본 적도 느낀 적도 생각해본 적도 없고 언제나 처음이다. 결국 당신은 항상 처음인 것이다. 언제나 과거의 실패에 얽매여서 '또다시 실패할 가능성이 높겠지만…'이라는 생각을 가지고 임한다는 것은 어처구니없지 않은가? 그 상대가 당신이 보기에는 잘난 사람처럼 보일지는 몰라도 결국 당신과 똑같은 평범한 사람일 뿐이다. 설령 그 혹은 그녀가 너무나도 멋지고 아름다운 외모 혹은 지성, 능력의 소유자라고 할지라도 말이다. 그러니 실패 경험을 자신의 고백에 앞세우기보다는 그 혹은 그녀는 당신의 시도에 언제나 처음이라는 것을 앞세워라. 그리고 항상 부정적인 최악의 상황을 생각해보라. 내가 시도했을 때 그 혹은 그녀가 나를 좋지 않게 생각한다면? 그렇다면 그 이유는? 그것을 미리 알 수 있다면? 당신은 반드시 해결할 수 있다. 그것 때문에 주눅 들지 말고 미리부터 거절당하는 최악이 아니라 끝을 생각하지 말고 최악의 상황을 생각해보라. 그리고 그것을 해결하라. 그것만이 실패를 극복할 수 있는 방법이 될 것이다.

연애하면서 비교되는 모습 때문에

결국 연애도 대인관계이다. 대인관계는 흔히 경쟁심이라는 것이 생기며 경쟁심만큼 허영심이라는 것도 생기기 마련이다. 모든 것을 다 내줘도 아깝지 않을 것 같은 연인 사이에도 은근히 경쟁심은 있기 마련이며 그런 연인에게 좋은 의도에서든 나쁜 의도에서든 허영심 가득한 마음으로 행동하거나 말하는 경우도 반드시 발생한다. 이런 것은 내 연인과 나의 삶의 질에서 차이가 나기 때문에 발생하는 것인데, 주로 내가 상대보다 삶을 건설적이게 보내고 있지 않다고 생각한다면 혹은 상대와 나의 삶의 질이 차이가 난다면, 더 나아가서 상대가 나의 삶의 방식에 참견하기 시작한다면, 그것이 정말 틀린 말은 아니기 시작한다면 결국 그로 인해 은근한 '자격지심'이 생기기 시작한다.

이런 경우에는 자신감이 없어지는 것은 둘째 치고 우선적으로 상대가 조금은 밉게 보이는 경우도 발생한다. 이런 경우가 정신적인 것을 넘어서서 물질적인 경우로 이어지게 되면 어느 한쪽의 자존심까지 건들게 되는 경우가 발생하며 그것으로 인하여 '개인적인 감정'을 앞세워 싸움을 하게 될 수도 있게 된다. 그리고 그런 싸움은 쉽게 마무리되지 않으며 마무리가 되어도 언제까지나 가슴에 남아서 나의 행동 혹은 상대의 행동을 눈치 보게 하는 결과를 만들게 된다. 또한 자신감이 없어지는 경우는 나와 상대의 경우에서만 발생하는 것이 아니다. 연애를 하면서 타인의 연애와 자신들의 연애를 비교하면서 괜히 '당연시' 여기게 되거나 '일반화'해서 생각하며, 상대가 '~한 기분' 혹은 '~한 것을 원함'으로 한정짓거나 단정 지어서 생각해버린 결과 자신을 초라하게 만들어서 상대가 괜찮다고 함에도 혹은 자신이 괜찮다고 함에도 괜찮지 않은 것으로 받아들이게 되어 결국 연애를 힘겹게 만들고야 만다. 이처럼 비교되는 모습 때문에 자신감이 없어지고 있다면 '연애'라는 것에 있어서 당신은 다시 생각해볼 필요가 있다. 연애는 자신의 기분을 좋게 위해 하는 것이지 누군가 경쟁하기 위해 하는 것이 아니다. 그 혹은 그녀의 성공이 조금은 배 아프다면 그것이 온전히 내 것일 수 없기 때문에 그런 것이라고 생각해야 한다. 왜냐하면 그 혹은 그녀가 물론 나의 소유는 아니지만, 그 혹은 그녀가 나와 계속해서 함께할 사람이라면? 정말 나의 짝이라면? 아마도 그 혹은 그녀의 성공은 나의 성공이 아닐까? 하지만 당신은 그렇게 받아들이지 못하기 때문에 조금은 배 아파하고 또 자신과 비교하며 자신을 초라하게 생각한다. 그 혹은 그녀를 대단하게만 생각하고 존경해야 할 대상으로만 생각하며, 나는 언제까지나 그 혹은 그녀의 뒤를 따라가야만 하는 대상으로 생각하고 있는 것이 분명하다. 당신은 당신만의 훌륭한 가치가 있다. 그 가치로 인하여 당신의 상대도 당신을 당신이 상대를 바라보듯 바라본다는 사실을 잊지 말아야 한다. 연애는 이해와 배려, 존중이 바탕이 되어야 한다. 상대보다 항상 훌륭하고 멋진 모습이어서 상대가 나를 우러러보게 하고 싶은가? 우선 그런 생각하는 자신을 돌이켜보며 철부터 들어라.

말주변, 연애스킬, 대인관계능력 등이 부족하다고 생각될 때

주변을 돌아봤을 때 나 아닌 다른 사람의 능력을 보고 있으면 자기가 생각해도 자기 자신보다 모자란 사람의 경우라면 안심이 될지 모르겠으나 언제나 신기하고 부럽고 '나도 그렇게 해보고 싶은데'라는 생각이 드는 사람이 있을 것이다. 그것은 스스로 생각해도 부족한 혹은 가지고 싶은 것을 그 부족한 대상은 가지고 있는 경우이며, 주변에 내가 부러워하는 요소를 가진 사람이 많다면 마치 '나만 모자란' 듯한 착각에 빠지는 경우가 발생하게 된다. 이유인즉 정말 내가 모자란 것일 수도 있지만, 예를 들어 열 명이 모인 공간에서 일곱 명이 내가 부러워하는 특성을 가지고 있고 나는 나머지 그 부러워하는 특성을 가지지 못한 세 명의 그룹 중 한 명이라면 나는 '모자란' 혹은 '부족한' 사람이 된 것 같은 기분이 들 것이며 그 일곱 명의 그룹에 들어가려고 노력할 것이다. 마치 외모에 있어서 자신감이 없는 (뚱뚱하거나 키가 작거나) 사람들이 저마다 그런 자신감 없는 점을 보충하기 위해 노력하는 것과 같은 이치일 것이다.

　흔히 그런 사람들을 위해 하는 말 중 자신이 남들과 다른 점을 모자라거나 부족한 점이라기보다는 '특징'이자 '매력'으로 바꾸라는 조언 혹은 긍정적인 마인드를 이야기하는 경우가 많다. 안타깝게도 그렇게 쉽게 되지 않으니 자신감이 없어지는 것이며 그 점을 특징 혹은 매력으로 생각해서 활용하는 것은 더욱더 불가능하다. 그렇다면 이런 경우에는 어떻게 하는 것이 좋을까? 그저 내 성격이 그러니, 내 수준이 그러니 하며 넘겨버려야 할까? 아니다. 다음의 지침에 따라 행동해보도록 하자.

- 무조건 나 아닌 연인인 동성의 행동을 따라 하기
- 연애스킬이라고 해서 특별한 스킬을 일부러 찾지 말기
- 무언가 해야 한다고 생각하지 말기
- 스스로 대단한 사람 혹은 사랑받아야 할 사람이라고 생각하기 힘들다면 상대가 그렇게 대단한 사람이 아니라고 생각해보기

　위의 지침이 무슨 내용인가 하면 이런 이야기다. '나'라는 사람이 솔로이든 솔로가 아니든 언제나 다른 '연인'인 동성의 행동은 나에게 교훈을 주는 행동이 될 수 있다. 왜냐하면 그 혹은 그녀의 태도는 그 행동으로 긍정적인 결과가 일어났든 혹은 부정적인 결과가 일어났든 일단 무언가에 항상 서툰 나에게 긍정적인 모델과 부정적인 모델을

사전에 제시해줄 수 있는 결과를 마련해주게 되며, 그것을 미리 피해 갈 수도 있고 혹은 당신이 그런 모든 행동을 그냥 따라해 봄으로써 당신이 한번 직접 느껴볼 수도 있다. 그냥 보거나 이론으로만 생각하는 것보다 실전이 아무래도 더 효율적이기 때문이니 말이다.

또한 연애스킬을 일부러 찾지 말아야 한다는 것과 무언가 해야 한다고 생각하지 말아야 한다는 것은 자신이 부족한 것은 부족한 것이지만 간절한 만큼 그 부족한 것을 채워 넣어 상대에게 도전하고자 하는 조바심 혹은 욕심 때문에 당신은 정말 당신에게 도움이 될법한 연애지식이나 방법을 걸러낼 수 없게 된다. 조금이라도 더 빨리 무언가 하지 않으면, 조금이라도 더 많이 무언가 하지 않으면 그녀 혹은 그를 잃을지도 모른다는 생각에 조바심을 가지면 계속해서 좋은 결과로 결코 이어질 수 없는 행동을 반복한다는 것이다.

또한 당신이 항상 부족하다고 생각하면 아마 당신의 이야기를 아는 모든 사람들은 당신을 위로하고자 혹은 희망을 주고자 당신이 얼마나 사랑받을 가치가 있는지, 당신이 얼마나 대단한 사람인지에 대해 끊임없이 나열할 것이다. 그러면서 그 상대에게 도전하는 것은 '아무것도 아니다'라는 것을 마치 최면이라도 걸 듯 각인시킬 텐데 그 이야기가 받아들여져도 문제이고 안 받아들여져도 문제라는 것이다. 왜냐? 생각해보라. 친구 말을 듣고 섣불리 무언가 했는데 당신의 귀만 얇아서 손해 본 적이 없는지 말이다. 그렇기 때문에 그냥 당신 스스로 당신이 고백하고자 하는 사람도 당신과 똑같이 누군가에게 고백을 받으면 그것이 감사할 수도 혹은 뭔가 삶에서 뜻밖에 기분 좋은 일일지, 놀랄 일일지도 모르는 일이라는 것을 알아야 할 것이다. 상대는 그렇게 대단한 사람이 아니다. 당신 스스로 자신을 그렇게 대단한 사람이 아니라고 생각하는 것과 같다. 따라서 부담 가지지 말고 그 혹은 그녀에게 간단한 말 한마디라도 편하게 건네보라. 그렇게 건넸을 때 마치 자신이 특별한 대접을 받아야 하는데 '뭐 이런 인간이 말을 건네는 거지?'라는 듯한 태도로 당신을 대한다면? 믿어라. 당장 그런 사람과는 관계를 끊어도 좋다.

연애를 시작할 때 혹은 연애를 하는 도중에 당신이 부족하다고 생각한다면 당장 그것을 보충하기보다는 우선적으로 당신이 가진 소소한 것만으로도 어떻게 할 수 있는지 생각해봐야 한다. 당신이 인터넷을 뒤져가면서 연애를 시작하는 여러 가지 방법들을 반드시 갖춰야만 가능한 것도, 연애를 하기 위해 어떤 특별한 스킬을 갖춰야 하는 것도 아니다. 그냥 당신이 할 수 있는 것을 얼마나 편하고 자연스럽게 보일 수 있느냐의 문제인 것이다. 우선 그것이 되고 나면 차근차근 하나씩 당신에게 맞는 것을 배우면 된다. 어떻게 걷지도 못하는데 뛰려고 하는가? 잘 생각해보길 바란다.

5 행복해지고 싶을 때

삶에서 재미를 찾고 싶을 때

꼼수를 찾고 사용하는 것에 있어서 언제나 '빠른'으로만 직결되는 것은 아니다. 그것으로 인해 내 삶의 질이 높아진다면 그냥 올바른 길보다는 편법을 쓸 수도 있는 것이며, 때로는 남들 앞 혹은 어린아이에게 훈계를 할 때 그러면 안 된다고 하면서도 자신은 그렇게 하고 있는 그런 심정일 것이다. 결과적으로 꼼수는 자기만족으로 쓰이기도 한다. 당신이 삶에서 재미 혹은 흥미를 원하는 순간 정말 바쁜 일상에서 조금의 부정을 저지르더라도 그런 순간이 있을 때 자신의 편의를 위해 찾곤 한다.

하지만 그렇게 언제나 재미를 추구하기 위해 쉬운 길만 찾다 보면 어느 순간 '진지함'이라는 것과는 거리를 두게 되고 그 외의 행동에도 간편한 길, 쉬운 길, 머리 아프지 않은 길만 생각하게 될 것이다. 연인들 사이에서 '대화'로 인한 충돌이 일어나게 될 경우 이런 일이 빈번하게 발생하며, 항상 대화의 결과는 "또 왜 그러는데?"로 불만을 가진 쪽이 아니라 불평불만을 듣는 쪽이 오히려 적반하장으로 대응하면서 끝나게 된다. 그렇게 이야기하는 쪽도 일단은 문제가 있는 것이 '나는 웃으며 지내고 싶은데.'라고 생각하며 '상대방이 적당히 쉽게 넘어가면 될 일을 항상 어렵고 복잡하고 까다롭게 걸고넘어진다.'고 생각하는 경우가 대부분이다. 연애에서 재미 혹은 즐거움을 찾는 것은 좋다. 왜냐하면 나 자신이 행복해지기 위해 연애를 하는 것이며 연애를 하는 목적에는 다들 저마다의 이유가 있을 테니 말이다.

그런 목적을 달성하는 과정에서 혹은 목적 자체가 즐거움, 재미, 흥미일 수도 있거니와 애당초 연애를 하면서 진지함이 없었으면 하는 바람을 가진 사람도 있기 마련이다. 하지만 재미는 연애를 유지시켜 줌과 동시에 연애를 망치는 요소가 되며, 결국 당신을 이별로 몰아넣을 것이다. 분명히 재미있는 연애는 좋을지 모른다. 하지만 그것만 생각하여 발전 없는 연애를 하지는 말길 바란다. '언제나 재미있게 즐기는 커플'이 멋있고 쿨해 보일지는 모르지만 미래를 내다봤을 때는 불투명할 뿐이다.

삶이 지칠 때

직업, 학업 등 자신의 과업으로 인하여 지쳐 있는데 어느 누구 하나 정말 온전히 자신의 편이 되어주는 사람이 없다고 생각한다면 당신은 정말 그 순간만큼은 자신의 편이 되어줄 사람이 간절하게 생각날지 모른다. 당연히 그런 생각을 하는 사람이나 능력을 가진 사람은 많을 것이나 왜 연애를 하지 못하는가 하면 짝이 없기도 없거니와 처음 시작하는 순간부터 맥이 너무나도 빠지고 삶을 살아가면서 진이 빠지는 것보다 정신적으로 더욱 지치기 때문인 경우도 더러 있다. 처음 시작할 때는 정신적인 소모라던가 위로받거나 기대고 싶어서 누군가를 만나려 하는데, 결국 하기 싫은 눈치 보기라던가 기분 맞춰주기를 해야 하니 말이다. 결국 그런 것들이 귀찮기도 하고 힘들기도 하니 차라리 안 해버리게 되는 것이다. 그나마 연애에 대한 어떤 목적 혹은 욕구를 세운 사람은 그런 상황에서도 '그래도 연애를 하긴 해야겠다.'는 생각에 하려고는 하는데 결국 쉽게 누군가의 마음을 얻는 행동을 익히려고 하는 것이 대부분이다.

삶이 지치기 때문에 누군가를 얻고자 한다면 혹은 누군가를 필요로 한다면 힐링의 개념이 되어야 하는 것이 올바른 연애의 자세다. 하지만 결국 지름길에 의해 얻게 된 관계라면 그런 관계로 형성되기보다는 단순히 목적에 의해 만나 욕구를 충족시켜주는 그런 관계로만 형성될 가능성이 크다는 것이다. 쉽게 만난 만큼 쉽게 헤어질 수도 있다는 것이다. 그렇기 때문에 당신이 만일 많이 지쳐 있는 상태이고 그런 상태에서 연애를 하고 싶다면 우선적으로 당신을 지치게 하는 그 대상을 먼저 정리하려고 하라. 연애를 한다고 해서 그 지치는 대상이 사라지는 것은 아니고, 결국 쉬운 방법이 아니더라도 연애를 하게 되면 당신을 지치게 하는 그것이 반드시 당신의 연애를 방해할 것이다. 따라서 당신을 지치게 하는 그것을 정리한다는 것이 연애를 하려는 목적을 찾는 첫 단추가 될 것이다.

보상의 개념

당신이 앞서서 정말 형편없는 연애만 했다면? 계속해서 정말 욕 나오는 '정말 내 연애는 왜 이럴까?' 싶을 정도로 나쁜 남자 혹은 나쁜 여자들에게 휘둘리기만 하고 끝난 연애들로 당신의 연애사를 장식했다면? 혹은 시작도 하기 전에 어장관리만 주구장창 당하고 끝이 났다면? 더 이상 그런 것은 신물이 나고 이성에 대해 두렵기까지 해서 이제는 좀 좋은 사람을 만나 행복해지고 싶다는 생각을 가지고 있을 때, 당신은 그동안 연애를 하기 위해 했던 당신만의 온갖 방법 대신에 정말 '효과'가 좋다는 비법을 찾게 될 것이다. 아마 그것은 당신이 인생에서 정말 마지막은 아니겠지만 마지막이라는 마음가짐일 것이며, 그쯤 되면 자존심은 이미 고려할 대상이 아닐 것임은 분명하다. 왜냐하면 그 정도 단계가 되면 당신은 자존심이라는 것은 매우 쓸모없는 가치이고, 당신이 행복해지기 위해 버려야 할 첫 번째 가치라는 것으로 인식하고 있을 테니 말이다.

그렇다면 그 단계까지 온 당신이 현명하게 보상받으려면 어떻게 해야 할까? 애당초 당신이 행동하고 품은 마음은 올바른 것일까? 한번 생각해보도록 하자. 당신이 무엇 때문에 그렇게 형편없는 연애를 하게 되었는지 말이다. 정말 순수하게 운이 없어서 나쁜 남자 나쁜 여자만 만나게 된 것일까? 혹은 당신이 그런 유형에만 끌리게 되는 것일까? 우선 당신은 이것을 구별해볼 필요가 있다.

　일전에 상담했던 여성 중 한 분을 돌이켜봤을 때 안타깝다는 생각 밖에 안 나오는 여성이 있는데, 그 여성이 처음 찾아왔을 때 남자가 자신의 몸도 마음도 다 가지고 놀았다는 식의 내용으로 상담을 신청한 적이 있었다. 그 상대 남자에게는 이별을 통보받은 상태였으며 그런 상황이 몇 번이나 반복되다가 이번에는 돌아오지 않아서 결국 전문가들의 도움을 찾기 시작한 것이다. 안타깝게도 사연의 전체적인 내용을 들어봤을 때 이미 그는 다시 돌아올 가망이 없어보였고 돌아온다손 치더라도 그 여자를 육체적 관계로밖에 보지 않을 것이라는 것이 나의 판단이었다. 더 비참한 것은 남자는 그것조차 원하지 않을 것이라는 것이 나의 생각이었고, 그럼에도 확률을 세워준 것은 아주 희소하게나마 그 남자가 '정말 아쉬워서'라는 변수를 뒀기 때문에 달갑지 않겠지만 그 가능성을 이야기해준 것이다. 놀라운 사실은 나뿐만 아니라 그녀가 당일 상담을 한 다른 곳에서도 비슷한 이야기를 했으며 이미 가망이 없다는 것을 그녀는 알았으나 계속해서 "가능성이 있습니다."라는 이야기를 듣기 위해 이곳저곳 전전하고 있는 것 같다는 생각이 들었다. 결국 나는 조금 안정이 되고 나면 그런 남성이 아닌 다른 유형을 만나보는 것이 자신의 앞선 연애패턴과 비교해봤을 때 이번처럼 안 끝날 수 있다고 이야기해주었더니 그녀는 아무 말이 없었다. 그래서 "조언 드린 남자의 경우는 재미가 없겠지요?"라고 했더니 그냥 슬며시 웃고서는 그냥 상담을 마무리하게 되었다.

이 여성의 사례를 토대로 생각해보면 '좋지 않은 연애'를 하는 데는 이유가 있으며, 그것은 '여러 사람을 단순히 많이 만나본다'고 해서 해결되는 것이 아니다. 여러 사람을 많이 만나보면 그만큼의 경험이 쌓이니까 연애가 능숙해지지 않을까? 내 생각은 조금 다르다. 그렇게 해서 능숙해진다면 계속해서 똑같은 아픔을 반복하거나 똑같은 패턴을 반복하는 수많은 사람은 도대체 얼마나 어리석어서 그런 문제가 계속해서 반복된다는 것인가? 몇 명을 만나든 결정적으로 나 자신이 어떤 유형의 연애를 좋아하는지, 그 연애로 인해 무엇이 어떻게 아팠는지를 제대로 집고 넘어가지 못한다면 다음 연애도 그냥 똑같은 레벨이나 형태가 반복될 뿐이다. 단지 '사람'만 바뀌는 것뿐이다. 보상을 받고 싶은가? 자존심을 버리는 것까지는 좋다. 하지만 그에 앞서서 당신이 좋아하는 유형이 당신에게 상처를 주고 있지는 않은지 그것부터 생각해보라. 스스로 불 속으로 걸어 들어가면서 뜨겁다고 혼자 칭얼거리면 그것만큼 웃긴 것도 없지 않겠는가?

6

벗어나고 싶을 때

썸을 타던 중간

처음 만나서 어느 정도까지는 괜찮던 그 혹은 그녀와 '연인' 혹은 '친구'와의 갈림길이 보이며, 처음에는 마냥 '연인'의 길을 걷던 그 혹은 그녀가 어떠한 이유로 '친구'로서의 길로 접어들게 된다면 당신은 '도덕심'에 따라 그 혹은 그녀에게 최대한 상처를 주지 않기 위해 벗어나고자 애쓸 것이다. 물론 그냥 잠수를 타버리고 더 이상 이야기를 하지 않거나 마주치지 않고 끝내버리는 경우도 있겠지만, 그렇게 하지 못하는 상황이라면 적어도 상대에게 그것을 올바르게 납득시킬 방법을 아마 당신은 수없이 고민할 것이다. '아직 사귀는 것도 아닌데 뭐 그렇게 고민하고 걱정하고 격식을 차리지?'라는 생각을 해볼 수도 있겠지만 그것이 심각하게 어긋날 경우에는 당신의 대인관계에까지 영향을 줄 수 있으며 나쁜 소문으로 신용에 심각한 타격을 줄 수도 있다. 그렇기 때문에 만일 당신이 썸을 타던 중간에 어떤 이유에서든 그 혹은 그녀에게서 나쁘지 않게 벗어나고자 한다면 우선 그 혹은 그녀와 지금 어떤 단계인지 생각해볼 필요가 있다. '고백 직전인가?' '거의 연인단계인가?' 등을 생각해서 당신이 '미안함' 때문에 하는 행동을 차근차근 줄이면 되는 것이다. 당신은 고백을 받아도 거절할 것이기에 혹은 여태 사귈 것처럼 행동하다가 그냥 그 혹은 그녀를 물 먹이면 미안하기에 더 친절하거나 혹은 더 많이 더 재미있게 놀아준다면 결국 그것은 오해로 이어지게 되고 당신에게 더 빠져드는 계기로 이어지게 된다. 쉽게 말해서 자신이 의도해서 어장관리를 하지 않은 경우 자신은 단순히 친절했을 뿐인데 자신에게 호감을 가진다거나 자신이 마치 호감을 가지고 있어서 그렇게 행동한다고 상대가 착각하는 경우처럼 썸을 타고 있는 상황이라면 당신의 그런 친절은 빼도 박도 못하는 증거가 되어버릴 가능성이 크다. 따라서 벗어나고 싶다면 앞서서 설명한 오해할 행동을 하지 않는 것부터 시작하는 것이 좋다. 어느 정도는 비호감이 되어야 한다는 것이다. 또한 당신이 중간에 마음에 드는 사람이 생겨서 썸을 타고 있던 사람에게서 벗어나야 한다고 하는 상황이라면 최대한 그것을 들키지 않거나 적어도 시일을 띄워서 다른 사람과 다시 썸을 타는 것이 좋다. 어느 쪽과의 관계도 정리하지 않고 무작위로 썸을 타고 있다가는 당신은 사귄 것도 아닌데 바람을 핀 사람이 되고 말 테니 말이다.

이별하고 싶을 때

이별에 대해 통지하는 방법에 대한 이야기가 아니라 당신이 아무리 이별을 이야기해도 상대가 그것을 납득하지 못할 때, 즉 이별에 대한 것은 항상 동시에 둘 다 납득하기는 힘든 상황인 만큼 이해시키려는 자와 이해하지 못하는 자로 극명하게 나누어진다. 즉 이별을 통보받은 사람 중에서 이별을 심각하게 받아들이지 못할 때 이별을 통보한 사람 입장에서는 좋게 헤어질 마음보다는 그때부터는 짜증이 나고 상대가 더욱더 질리기 시작하게 되는 법이다.

당신이 만일 이별을 생각하고 있다면 상대에게 어느 날 갑자기 벼락 맞는 듯이 전달하는 것은 좋지 않다. 그렇다고 해서 하루 한 번씩 "언제 이별할 거니까 준비해." 이런 식으로 사전 통지하라는 것은 아니다. 무슨 말인가 하면 당신이 수없이 생각한 끝에 결정하여 이별할 거라면 적어도 당신이 이별하는 이유, 즉 '불만사항' 혹은 '이별의 근거가 되는 맞지 않는 점'에 대해 상대방에게 통지하라. 예를 들면 "나는 너의~ 때문에 너무나도 힘들어. 그것 때문에 너를 만나는 게 너무 힘들어."라고 말이다.

상대방이 고쳐주길 바라는 것도 상대방에게 무엇을 요구하는 것도 아니다. 그냥 "나는 너 때문에 ~이 힘들다." "만나는 것이 힘들다."고 통지해주라는 것이다. 불행인지 다행인지 당신이 통지하는 동안 상대방이 눈치를 채고 그것 때문에 혹시 안 좋은 생각을 하고 있는 거라면 다시 생각하라면서 "그것을 해결하기 위해 전력으로 노력하겠다."고 한다면 한 번쯤 기회를 더 주어도 좋을지 모른다. 하지만 끝끝내 그것을 알지 못한다면 당신은 "나는 이미 너에게 힘들다고 말했고 너에게 만나기 힘들다고도 수없이 반복해서 말해왔다."고 이야기할 필요가 있다. 그러고는 더 이상 상대방을 납득시키기보다는 각자 정리할 것을 하고 더 이상 상대와 이야기하지 않으면 상대는 당신이 한 이야기를 바탕으로 고민을 하든 정리를 하든 하게 될 것이다. 문제는 이것이다. 상대에게 어느 날 갑자기 벼락 맞은 듯이 이야기를 던지게 되면 상대는 그 어떤 티도 안 내고 잘 지내다가 왜 그러느냐는 느낌으로 대응할 것이다. 하지만 언젠가부터 당신은 계속해서 신호를 보냈고 결국 이별을 말하는 것이라면 그 순간에 울컥해서 한동안 매달릴지는 몰라도 얼마 안 가서 당신이 준 신호를 눈치 채지 못한 것을 후회하고 그것을 바로잡을 기회가 있는지에만 더 신경을 쓸 것이라는 것이다. 물론 그런 상대의 노력을 받아줄지 아닐지는 당신의 선택이지만 말이다.

그저 지금 환경에서 벗어나고 싶을 때

저마다 처한 환경이라는 것이 존재한다. 직업, 학업 혹은 아무것도 아닌 현실 등 그 어떤 상황에서도 욕구라는 것은 생겨나기 마련이며 그것으로 인하여 당신은 괴롭기도 할 것이며 슬프기도 할 것이다. '연애'라는 요소에서 몇 가지 것들을 돌이켜보거나 내다보기를 한다면 그런 환경에 의해 자신의 '처지'나 '형편'이라는 이름하에 연애를 포기하거나 계속해서 뒤로 미루게 된다. 하지만 그렇게 미루면서 느끼는 것은 계속해서 마음 편하게 남들처럼 즐길 수 없는 자신을 한심하게 혹은 답답하게 생각하기도 하며 자신의 환경에 대해 원망하기도 할 것이다.

그렇게 되면 결국 '자신은 무엇을 어떻게 할 수 있는가?' 혹은 '상대를 즐겁게 해주기 위해 나의 발전은?'이라는 측면보다는 결국 '할 수 있는 시기', '안정적인 시기', '형편' 등 연애를 하는 데 있어 무엇이 부족한지보다는 연애에 있어 조건이 되는지 아닌지, 시기가 맞는지 아닌지 등 지극히 현실적인 것들에만 치중하게 된다는 것이다. 물론 그것을 자신도 모르는 것은 아니며 그것에서 지독스럽게 벗어나고 싶어 할 것이다. 당신이 만일 그런 상황이고 그런 환경에서 벗어나고 싶다면 한 가지는 분명하다. 연애를 현실로 보는 시각을 당장 거두어야 한다는 것 말이다. 분명히 말하지만 연애는 다소 판타지가 많은 행위라고 봐도 과언이 아니다. 그 사람 때문에 내가 할 수 없는 무언가를 하기 위해 노력하게 되며, 하려고 생각하게 되고, 현실적으로는 절대 불가능하다고 생각하는 것도 상대방을 한 번쯤 웃게 해줄 수 있다면 혹은 마음에 들 수 있다면, 그 혹은 그녀를 위해서라면 나 자신 혼자라면 절대 하지 않을 것 같은 일을 하게 하는 것이 바로 연애이다.

연애라는 것은 판타지이기 때문에 우리는 많은 것들에 울고 웃으며 희망을 가질 수 있다고 봐도 과언이 아니다. 당신이 만일 '이러나저러나 결국 현실적인 것들이 있기 때문에 현실을 생각하지 않을 수 없다.'는 이름하에 현실에 얽매여 '적당한 시기' 혹은 '안정적인 시기'만 생각하고 있다면 한번 생각해볼 필요가 있다. '과연 적당한 시기'라는 것은 언제인가 하고 말이다. 어릴 때는 대학을 가기 위해, 대학이라는 입시관문을 뚫고 나서는 스펙을 쌓기 위해, 그러고 나서는 취업을 하기 위해, 취업을 하고 나서는 일을 하기 위해 등등 결국 너무나도 바쁜 이유 혹은 사정, 형편이 연애를 할 수 없는 환경을 만들어준다. 결국에는 그런 것이다. 당신은 지독한 '현실'에서 벗어나서 편안하게 기댈 공간 혹은 행복감을 얻기 위해 '현실'을 생각한다는 것이다.

지금의 환경에서 벗어나고 싶은가? 그렇다면 무책임해져보라. 수많은 영화, 드라마, 소설 속의 수많은 연인들은 대부분 '일탈'에서부터 시작했다. 또 한 번 부정적으로 생각해보라. "오늘 잘되던 일이 갑자기 안 되면 어떻게 하지?" "내가 하고 있는 이 일을 아무도 인정해주지 않으면 어떻게 하지?" "내일 건강이 나빠지면 어떻게 하지?" 결국 모든 것이 망하고 아무것도 할 수 없을 때 오늘 한 글자 더 못 본 게 혹은 작업 하나 더 못한 게 생각나겠는가? 아니면 아쉬웠던 많은 것들이 생각나겠는가? 한 번쯤은 무책임하게 현실을 벗어나보라. 돈이 없으면 또 어떤가? 모두가 궁핍하고 힘든 시기이다. 기죽거나 쫄지 말고 없으면 없는 대로 있으면 있는 대로 한번 틀을 벗어나보라. 지금에 얽매여 있지 말고 말이다.

꿈과 원하는 것

혼히 꿈을 물으면 자신이 가지고 싶은 직업 혹은 훗날 자기가 가지고 싶은 사회적인 위치를 이야기한다. 꿈을 물었을 때 그 자리에서 그 이야기를 물은 사람과 몇날 며칠 함께 아이스크림을 먹으며 정답게 이야기를 했으면 좋겠다는 식으로 대답하는 사람은 아마 드물거나 아예 없을 것이다. 이것처럼 우리가 생각해보아야 할 것은 연애에서 꼼수를 원할 때는 말 그대로 원하는 것들로만 이루는 것이다. 결코 꼼수의 수단으로 꿈이 들어가서는 안 된다. 나의 포부 혹은 나의 꿈을 팔아서 무언가를 해서는 안 된다는 것이다.

자신의 포부 혹은 꿈을 보여줌으로써 혹은 둘만의 긍정적인 미래를 보여줌으로써 연인 사이의 관계를 더욱더 돈독히 할 수 있다. 하지만 그것을 앞세워서 지금의 상황을 무작정 무마하려 한다거나 상대를 기만하려는 행위를 해서는 안 된다는 것이다. 그 예를 보자면 "내 꿈이 좋은 가정을 이루는 거야. 그렇기 때문에 지금 우리가 힘든 것은 참고 극복해야 한다고 생각해." 물론 이 예는 간략하게 든 것이고 이렇게까지 이야기하는 사람이야 드물겠지만, 자신의 꿈을 좀 더 길고 간절하게 이야기한다고 해서 그 상대가 지금 연애를 무작정 참아야 하는 것을 합리화시켜서는 안 된다는 것이다. 그 혹은 그녀의 꿈과 당신의 꿈이 다른 것처럼 서로가 느끼는 연애라는 감정이 다른데, 그것을 한 사람의 무엇 때문에 그것이 꿈 혹은 포부, 그 이상의 무엇이 되더라도 강요받을 이유도 납득할 이유도 그 상대 입장에서 생각해줄 이유도 없다는 것이다. 그 사람의 꿈은 그 사람의 꿈일 뿐이고 나의 자주성은 나의 자주성일 뿐이니 말이다. 물론 그런 꿈을 갖는다는 것에 대해 반대한다거나 비판해서는 안 된다. 그 역시 같은 이유에서라는 것은 굳이 말하지 않아도 알 것이다.

그렇다면 "꿈과 원하는 것은 연애에서 어떻게 등장하는 것이 옳은가?"라는 질문에 대해 이야기하자면 이렇게 답할 수 있을 것이다. 둘 사이 관계에서의 꿈이든 나 혼자만의 꿈이든 원하는 것은 꿈을 이루기 위한 하나의 과정이자 수단이 되도록 해야 하며 그럴 때 등장하는 것이라고 말해주고 싶다. 꿈이라는 것이 앞서 처음 말했던 것처럼 단순히 나의 직업이나 나의 지위를 성취하는 것이 아니라 그 혹은 나의 향후에 대한 어떤 목표에 관한 이야기라면 결국 지금의 하루하루가 쌓여서 혹은 달성된 것의 결과물인 것이다. 그렇기 때문에 지금 원하는 것은 꿈의 성취 여부와도 관련이 있다고 봐야 할 것이다. 따라서 원하는 것을 그 혹은 그녀와 혹은 나의 꿈과 연관 지어서 이루기 위한 과정이자 수단이 되도록 생각하여 원하거나 바라도록 하라. 무조건적으로 나의 꿈이 그렇기 때문에 혹은 우리가 그렇게 되어야 하기 때문에, 이상적인 연인이 되어야 하기 때문에, 연인이라는 이유에서 상대에게 억지로 강요할 수는 없다. 하지만 당신이 그렇게 되기 위한 혹은 만들기 위한 최소한의 노력은 작은 것들을 하나씩 원하고 성취하면서 결국 당신이 꿈꾸는 관계로 바꾸거나 이루는 것이 가능하다는 것이다. 그렇게 된다면 그것은 강요가 아니라 성취되거나 달성되는 것이니 말이다. "연인이라면 알아서 챙겨줘야 하는 것 아니야?"라는 것은 분쟁의 소지가 될 수 있다. 하지만 "있잖아, 나는 자기가 (작은 행동 하나 혹은 원하는 행동을 특정해서) ~를 해줬으면 좋겠어."는 그 행동에 대해 조율하거나 수락 여부에 관해 이야기할 여지가 생기게 된다. 무조건 안 좋은 방향으로만 흘러갈 '당연히'라는 느낌이 깔린 전자와는 전혀 다르다. 잘 생각해보길 바란다. 답답한 건 당신일 것이다. 그리고 한 번에 많은 것을 바란 게 아니라고 할 것이고 분명히 그럴 것이다. 하지만 듣는 상대방 입장에서는 분명히 생각을 많이 하게 만드는 하나의 미션일 것이다. 왜냐? 선물 살 때를 생각해보라. 그냥 하나 사는 것인데 고민하게 되지 않는가? 그냥 상대가 좋아하는 것 혹은 가지고 싶은 것을 사거나 그것도 아니라면 그것을 사라고 돈을 주지 않는가? 그것과 같은 이치이다. 둘만의 관계에서 꿈이 있는가? 큰 것을 이루기 위해서는 그것을 이루는 사소한 작은 요소들을 먼저 하나하나 원하고 성취하라. 그러면 알아서 이루어지리라.

연애
♀♂
애
꼼수를
말하다

Part 3
연애 꼼수를 이야기하다

1

그러니까⋯ 여자들이 좋아할 만한,
눈에 확 들어오는 그런 거 없나요?

　이분과의 만남은 그렇게 길지 않았다. 기껏해야 1시간? 여러 가지
상담 형태 중에서도 짧고 간단하게 하는 상담 형식을 신청해서 대화
를 하게 되었는데 대화 내용은 이러했다. 그는 자신이 속한 그룹에서
꽤나 활발하고 사교성도 좋은 편이라고 한다. 여자랑 대화하는 데도
무리가 없고 오히려 자신감이 있을 정도인데, 한 가지 스스로 뭔가
부족하다고 생각하는 것은 여자를 유혹하는 기술, 쉽게 말해서 어떻
게 하면 쉽고 빠르게 꼬실 수 있는가를 놓고 항상 고민했다고 한다.
결국 그는 픽업아티스트(이성을 현혹하는, 그중에서도 여성을 현혹하는 기
술을 전문적으로 가르치는 사람들을 가리켜 하는 말이다)를 찾아가 자신의
그러한 부분을 채우려 했으나 픽업아티스트가 가르치는 전문적인 기
술들의 개념은 너무나도 복잡하고 난해하다고 말했다. 아마도 '쉽게'
라는 것에만 포커스를 두고 접근한 그의 입장에서는 그럴 수밖에 없
었을 거라는 생각이 들었다.

그러다가 막연하게 궁금증이 들어 몇 가지 질문을 던져보았다. "그렇다면 여태까지 좋아하셨던 분이나 고백하신 분들에게는 어떻게 해보셨는지요?" 그는 답변을 "그냥 좋아한다. 한번 만나보자." 혹은 "칭찬을 하면서 구슬렸다."고 답변을 하였다. 그렇다면 또다시 의문이 들었다. 그 방법으로 인하여 만족을 얻지 못하였던 것일까? 성공을 하였다면 그걸로 충분했을 텐데 왜 굳이 다른 방법을 찾을 생각을 하는 것일까? 그것에 기초해서 다음 질문을 해보았다. "그럼 지금 굳이 눈에 확 들어오는, 그러니까 시선을 집중시키는 것에 대해 왜 필요하다고 생각하시는지요?" 그가 대답하길 "스스로 그런 방법들을 알아서 많은 여자들에게 한번 써보고 싶다."고 했다. 당장 좋아하는 사람도 없고 당장 쓰고 싶은 사람도 없으나 일단은 그런 스킬에 대한 관심은 크다는 것이었다. 결국 나는 그 사람에게 이렇게 이야기해주었다. 연애스킬에 대해 아는 것은 좋지만 좋아하는 상대가 아니고 무작위로 그렇게 재미삼아 쓴다는 것은 좋지 않은 결과를 만들 수 있다고 말이다. 결과적으로 진심도 아닌 것을 그렇게 남발하다가는 삐끗했을 시에는 돌이킬 수 없다고 말이다. 대다수의 경우 연애기술뿐 아니라 대인관계에서 좀 더 유리한 고지를 점령 가능한 기술을 알게되면 주변사람을 상대로 시험을 하게 되는데, 그렇게 될 경우에는 자기 자신을 걸고서 한다는 것도 생각해야 한다. 지금 이 남자는 좋은 기술이나 쉬운 기술을 알아서 쓸 생각만 했지 그 뒷감당은 생각하지 않는다는 데 있다. 그래서 나는 남들 다하는 말리는 이야기를 해주었던 것이고 상담의 전체 내용은 공개하지 않았지만 그에게는 이런 책임에 대한 이야기도 들려주었다. 그가 '재미'로 사용하게 될 연애스킬로 인하여 당하게 될 상대 입장은 어떤지, 그것을 다 책임질 수 있는지에 대한 이야기와 함께 말이다. 물론 원하는 답변이 아니었기에 그는 불만족스러워하면서 상담을 마감했고 나의 기분 역시 그다지 좋지 않았다. 쉽게 연애기술을 접할 수 있는 요즘에는 누군가 사귀고 있는 사람이든 혹은 사귀고 있지 않는 사람이든 연애에서 유리한 고지를 점령하기 위해 신중하게 행동하고 써야 할 연애스킬을 너무 쉽게 습득하고 남발하는 경향이 있다.

결국 '어장관리'라든가 '나쁜 남자&나쁜 여자'라는 것은 현재 위와 같은 현상들로 인해 자연스럽게 만들어지는 것이며, 그렇다고 해서 그 현상들이 이전처럼 뚜렷하게 그럴 목적 혹은 그럴 사람이 그러는 게 아니라는 점 때문에 오히려 복잡한 연애가 되어버린다. 정말 누가 봐도 사교성 좋고 인간미 넘치는 사람이 어느 날 보니 어장관리의 주인공이 되어 있다면? 생각해보면 그 사람은 그냥 자신이 어디서 본 연애지식을 자신의 연애에 상처받지 않기 위해 따라하다가 그냥 그렇게 된 것일 뿐이다. 결국 그 사람은 착한 사람임과 동시에 나쁜 사람도 된다는 것이다.

Advice journal

그가 이후에 어떻게 할지는 모르겠다. 아마 또 다른 연애 전문가를 찾아가 손재간 하나 혹은 보컬트레이닝이나 노래, 기타 등등 시선을 끌만한 행동으로 여자들을 손쉽게 유혹할지는 알 수 없는 노릇이다. 하지만 그가 정말 생각이 있는 사람이라면 우선은 자신이 좋아서 자신이 연애스킬을 알고자 하는 열정을 쏟을 수 있는 사람을 먼저 만들려고 하는 것이 우선이라는 생각을 아마도 할 것이다.

만일 당신이 쉽게 이성을 유혹해서 잠자리를 하려고 한다거나 그냥 잠시 즐길 사이로만 생각하고 만나는 것이라면? 생각해보자. 나 역시 그런 대상이 되어도 좋은지 혹은 내가 실험하는 나의 연애스킬이 정말 생각 없는 대상에게 먹혔을 때 책임질 수 있는지 말이다.

너무 휘두르기만 한 것 같아요

　필자의 인터넷 N포털 사이트의 상담커뮤니티인 〈Project In Love〉 카페에는 국내뿐만 아니라 해외에서도 상담의뢰가 오곤 하는데, 이 사연 또한 그런 사연 중의 하나였다. 그는 지금 해외에 거주하고 있다고 밝혔는데, 해외에서 공부하면서 사귄 여성과 벌어진 일 때문에 상담을 신청해온 것이다. 사실 해외에서 벌어진 일의 경우에는 국내에서 벌어진 일과는 상담을 진행할 때 차이가 좀 있는 것이 사실이다. 왜냐하면 '연애'라는 것이 누가 누구를 좋아하고 그것 때문에 마음의 문제가 발생할 수 있다는 것은 공통적인 사안이지만, '문제'를 받아들이는 '정서'는 생활습관 혹은 문화만큼이나 연애에 있어서도 극명하게 갈린다. 단적인 예로 우리나라에서 논쟁 혹은 스킬로 다뤄지고 있는 것 중의 하나인 더치페이의 경우 해외에서는 이미 선이 그어진 상태이며 그것에 따라 좋아한다, 아니다 혹은 예의에 어긋난다, 아니다가 단순히 돈을 내고 안 내고를 넘어서까지 정해져 있는 수준이다. 즉 국내와 해외는 차이가 어느 정도 난다는 것이다. 아무튼 이야기를 다시 이어서 해보자면 그는 지금 사귀고 있는 여자친구와 사귀면서 자신이 어느 정도 주변에 나름 '연애고수'라는 형 또는 지인들을 통해 들은 이야기를 토대로 여자친구에게 만족을 주었다고 한다. 처음에 연애할 당시와는 많이 변한 상태라고 스스로 말했다. 처음엔 여자를 대하는 것도 힘들었으며 무리에 여자가 섞여 있으면 소극적으로 행동하는 것이 일상이었다고 했으나 점점 앞서 말한 '연애고수'인 형들과 지인들의 이야기를 듣고 그대로 따라하면서 하나둘씩 자신의 행동에 자신감이 붙기 시작하자 소극적인 태도를 넘어서 적극적으로 행동하기 시작했다는 것이다.

여기까지 들은 나는 '도대체 그렇다면 뭐가 문제인가?'라는 생각이 들었다. 당시 시차 문제로 새벽에 상담을 해야 했던지라 매우 피곤해 있었던 것도 한몫했으나 문제는 여기까지 이야기를 들었을 때만 해도 문제라기보다는 오히려 긍정적으로 변한 부분이 많았기 때문에 오히려 자기자랑처럼 들리기만 했다. 하지만 결론 즈음에 도달한 대화에서 문제를 접하게 되자 그 생각은 이내 바뀌게 되었다. 그는 그렇게 여자친구를 마치 '자기가 없으면 안 될 사람'으로 만들어놓았다고 했는데 그러면서 그는 그것의 편의성을 한껏 만끽했다고 한다. 하지만 도가 지나쳤고 결국 상대는 자기에게 돌아오는 애정 혹은 연애를 하면서 이득보다는 자신을 이용하려는 것이 더 많다고 느껴 그에게 이별을 선언하고 말았다. 그는 결국 그제야 자신이 잘못했다는 사실을 깨닫고 앞서 조언을 구한 형과 주변 지인들에게 도움을 청해봤지만 돌아오는 이야기는 "그냥 다른 여자를 또 꼬셔."라는 것이었다고 한다.

　연애를 하다 보면 나와 상대 사이에 보이지 않는 불균형이 생기게 되며 그것은 대부분 '더 좋아하는 사람'이 약자 혹은 더 아래에 위치한 사람으로 보이게 된다. 이것은 누가 정해놓은 것이 아니라 섭리와 같은 것이라고 봐도 무방하다. 약자인 사람은 누구나 할 것 없이 그런 상황을 뒤집고 싶기에 혹은 적어도 평등하고 싶기에 밀당이나 심리전 등을 배우려 하지만 사실 이미 뒤집혀버린 관계는 자신의 '마음' 때문에 어쩔 수 없이 불평등한 관계를 유지하게 되는 것이다. 마치 갑과 을의 관계처럼 말이다. 하지만 여기에서 한 가지 흥미로운 사실은 을의 위치에 있는 사람이 만일 그 관계를 포기하게 된다면 혹은 을의 위치에서 당연한 듯한 행동을 하지 않게 된다면? 가장 답답한 사람은 '갑'의 위치에 있는 사람이다. 왜냐? 생각해보라. 갑은 항상 뭐 그렇게 특별한 것이나 내세울 것도 없음에도 을에게 단지 그 혹은 그녀가 자신을 더 사랑한다는 이유에서 휘둘렀으나 결국 위의 사람처럼 결정적인 순간에 가장 간절하고 절박하게 돌변하지 않았는가? 그런 관계를 당연하다고 생각하면서 자신이 깨닫지 못하는 사이에 자신은 그 을에게 의존적인 관계가 되어버린다는 것이다. 그렇기 때문에 연애고수 혹은 정말 밀당을 잘하는 사람들은 처음부터 갑과 을에 크게 신경을 쓰지 않는다. 왜냐? 나에게 의존하게 만들 수 있다면 나에게 의존하게 되었을 때 그것을 빼앗아버린다면 그것을 되찾기 위해서는 무슨 짓이라도 하게 만들 수 있을 테니 말이다. 진정으로 궁극의 꼼수라고 봐도 과언이 아닐 것이다.

Advice journal

그녀의 이별 통보가 당신이 휘두르기 이전의 그저 잘해주고 자상했던 매력적인 당신의 모습이 변했다고 생각하고 당신과 있는 것이 지쳤기 때문에 참다 참다 헤어지지고 한 것일 터이니 아직 연락을 하고 지낸다면 그녀에게 반성하는 마음으로 먼저 사과하고 관계를 되돌리기 위해 하나둘 이성으로서가 아니라 아는 사람으로서 잘해줘 보라고 했다. 결국 그녀는 그에게 다시금 한 번의 기회를 더 줬으며 그는 추후 몇 번의 상담을 통해 그가 당연하다고 생각했던 이성을 휘두르는 기술에 대한 여과 작업을 하였다. 재미있는 사실은 그러고 난 이후에는 그는 그녀에게 잡혀 살다시피 거의 휘둘리면서 지내게 되었고, 또다시 형들에게 조언을 구해 자신의 여자친구와 신경전을 벌이고 있다는 것이 그와의 마지막 대화였다.

당신 주변에 속칭 '연애고수'가 있고 그로 인해 재미나게 도움을 받고 있다면 더 늦기 전에 생각해보라. 너무 즐기고 있는 것은 아닌지.

3

내가 이야기를 하면 주변 사람들이…

남들이 이름만 대면 다 알법한 증권회사에 다니는 그와의 만남 중에서 아직도 기억에 남는 것은 '비관'이라는 것이 사람을 어디까지 몰고 갈 수 있는가를 새삼 느끼게 해준 케이스여서 더욱더 내 머리에서 지워지지 않는 듯하다. 그가 나를 찾아온 이유는 자신이 다니는 거래처의 어떤 여자 때문이었으며, 언제부터인가 그 여자가 눈에 들어오기 시작했다는 것이다. 누구에게나 일어날 수 있는 이야기였으며 그는 '그녀를 마음에 두고 있다는 것을 남들이 알까 봐'부터 시작해서 '남들에게 웃음거리가 될 것 같아서' 등의 각종 '다가갈 수 없는' 이야기를 나열하면서 그녀를 지켜봐온 시간 동안의 이야기를 늘어놓았다. 그때까지만 해도 나는 여느 사람과 다를 바 없이 좋아하는 사람에게 다가가지 못하는 '방법이 필요한 사람' 정도로만 생각했다. 그것도 그럴 것이 처음 코치를 하면서 들어본 그의 역사는 이러했다. 학창 시절에는 공부만 했고 무언가를 성취하고 이루고 그 목표만을 생각하다 보니 자연스럽게 누군가에게 기대서 쉰다기보다는 자신의 앞날에 대해서만 생각하고 걱정하면서 살았다. 그래서 이성과의 만남 혹은 누군가를 좋아한다는 것은 그에게는 그저 사치와 같았다.

하지만 그의 어린 시절, 그러니까 사춘기 즈음을 돌이켜보면 그가 진학을 위해 공부하던 곳에서 어떤 여자아이에게 잠깐 호감을 가진 적이 있었는데 그것조차도 아주 잠깐 호감에 그친 것이었고, 좋아했던 이유는 그녀가 자신보다 진로에 있어서 유리한 위치였고 뛰어난 학생이었기에 그녀와 친해져서 그녀가 가진 이점들에 대해 알고 싶었기 때문이었다고 한다. 어떻게 해서 그렇게 하고 있는지 등 그런 것들을 말이다. 지금 이 책을 보고 있는 당신이 만일 모태솔로이고 앞서서 다룬 내용들 중에서 '시기', '때', '사정' 등에 맞춰서 생각하다 보니 연애를 미룬 사람이 있다면 아마도 이 사람의 사연에 어느 정도 공감할 것이다. 그저 어릴 때는 부모님의 "때가 되면 다 하게 되어 있다."라는 말씀을 믿고 혹은 자기도 그렇게까지는 생각이 없어서 차일피일 미루다 보니 정작 누군가를 곁에 두어야 할 나이에는 누구 하나 가르쳐주는 사람 없이 내팽겨쳐져 곤란을 겪고 있는 것을 느낄 것이다. 그것이 잘못된 인생을 산 것은 분명히 아니지만 그 순간만큼은 '나는 왜 이 모양으로 살았을까?' 하고 후회하고 한탄하게 만드는 요소임에는 틀림없는 사실일 것이다.

아무튼 결국 그는 '이야기하지 말아야 할 이유'의 상당 부분을 검증한 끝에 결국 그녀에게 데이트 신청을 위한 첫 행동을 개시하였다. 물론 그전까지는 눈도 제대로 안 마주치던 사이였던 만큼 처음에는 '인상 남기기→친분관계 형성하기'의 단계를 순서대로 거친 다음에 그것을 시행하기는 했다. 흥미롭게도 앞서서 고백하기 전까지의 단계들은 그는 놀라울 정도로 쉽게 하였으며 그 과정을 모니터하면서 느낀 것이지만 기대 이상으로 혹은 연기를 한 것이라면 수준급으로 했다고 봐도 과언이 아닐 정도로 잘해냈다. 그래서 그에게 "떨림이 사라진 것이냐?"고 질문하였더니 '아직 그녀를 잃을 걱정은 안 해도 되기 때문에'라는 생각에 정말 마음껏 행동했다고 했다. 싫든 좋든 그는 그곳에 매주 한두 번은 가야 하며, 그녀가 일을 관두지 않는 이상은 동선상 그가 거기에 가면 항상 마주칠 수밖에 없으니 그를 어지간히 마음에 들어 하지 않는 이상 그저 눈인사 정도 하는 사이에서는 별 이야기를 다해도 크게 손해 볼 것은 없다고 생각한 것이다. 그래서 나는 그러다가 그녀에게 자연스럽게 밥 한 끼 같이 먹자고 제안할 수도 있다고 말했으나 그는 이내 "그렇게 할 경우 다른 사람들이…"라고 말을 끌기 시작하면서 자신이 두려워하고 주저하는 대상에 대해 언급하려고 했다. 결국 그는 그녀를 잃는다는 결론에 도달하기 전에 너무 그녀를 존중하고 배려하다 보니 자신이 받을지 모르는 시각을 그녀도 받을지 모른다고까지 생각한 것이다. 지나치게 생각을 많이 해서 일을 그르칠 수도 있는 경우였다.

그는 자신이 혼자라면 주변사람들의 시선 정도는 어떻게 해서든 무시했을지도 모른다. 하지만 만일 자신으로 말미암아 주변사람들의 시선이 그녀에게까지 머물게 하는 것은 통제해줄 수 없기 때문에 그녀에게 해를 끼칠 것 같은 걱정을 멈출 수 없었고 그것으로 인해 거절당할 것으로 생각이 이어지니 매우 불안해서 결국 '이야기하지 말아야 할 이유'를 강하게 만들고 그저 아는 사람으로만 지내려고 계속해서 수많은 날을 버티기 시작하였다. 참으로 안타까운 것은 그러면서 그녀가 자신에게 조금만 친절해도 혹은 그냥 예의상 준 먹을거리를 받기라도 하는 날에는 그날의 상담은 그것에 관한 있지도 않은 의미 찾기로만 이루어졌으며 그것으로 인해 기분이 너무 많이 업된 나머지 그것을 절제하도록 하는 이야기는 그에게는 전혀 들리지 않았다. 하지만 언제까지나 그렇게 지낼 수 없다는 것을 안 그는 결국 그녀에게 데이트 신청을 하였다. 그가 그동안 우려를 많이 한 탓인지 확률이 50 : 50(어느 쪽으로 기울법한 객관적인 근거가 두 달 정도가 지난 그때까지 전혀 생기지도 만들어지지도 못했다)이라고 계속 생각해왔지만, 나 역시 그 이야기를 하는 날만큼은 덩달아서 불안했다. 그녀는 알겠다고 답변해왔으며 그는 그동안의 자신의 노력이 헛된 것이 아니라면서 기뻐하며 만나기 전부터 흥분하기 시작했다. 그가 방심을 하지 말아야 했던 것은 바로 그 순간이 아니었나 싶다.

생각해보면 그는 나를 찾아오기 전부터 답답함이라는 고통에 쌓여 있었으니 그럴 법도 하겠지만 만나기 전부터 너무 일찍 성공을 생각한 것은 큰 실수가 아니었나 하는 생각이 든다. 나 역시 그녀가 일단 수락했다는 사실에 안심한 나머지 그에게 일단은 방심하지 말고 지켜보라는 이야기를 해주지 못했던 것이 그 후 다시금 돌이켜보면서 잘못된 부분이었다고 생각한다. 아무튼 결국 그녀는 만나기로 한 하루 전에 그에게 만남에 대해 힘들 것 같다고 다음에 만나자는 형태로 통지해왔는데 그는 그때부터 앞선 상황보다 '부정적인 생각'이 더욱더 심해지기 시작했다. 아니나 다를까 그 이후로 그는 이전보다 불안한 마음에 그녀를 더 많이 찾아갔으며 갈 때마다 더 많이 눈도장을 찍기 위해 노력했고, 그녀와의 사적인 연락 횟수를 늘리고자 더욱더 많이 노력하기 시작했다. 그의 마지막 희망이었다면 그녀와의 사적인 연락 횟수였으며 그는 당시까지만 해도 그녀와 밤새도록 연락을 주고받았던 것을 첫 만남이 실패로 돌아간 것에 대한 위안으로 삼고 있었다. 그 후 얼마 지나지 않아서 둘 사이에 흔히 말하는 썸 관계의 기류가 식어갈 무렵 그는 그녀에게 또 한 번 데이트 신청을 했다. 시기가 조금 늦지 않았나 하는 감도 있었지만 더 일찍 한다는 것은 무리가 따를 것 같다는 판단이 들었기에 정황을 파악한 그 시점에 연락하도록 하였는데 결국 그는 그 시도에서 처음부터 난관에 봉착하고 말았다. 우선 그가 그녀를 만나러 갔을 때는 그녀와 친한 사원이 그를 맞이했는데 그녀는 평소 그와 친분관계가 조금 있었다고 한다. 그녀를 통해 들은 이야기로는 그녀는 남자 생각이 별로 없는 것 같아 보이는 기색이었다고 하더라는 것이다. 그것이 단순한 그녀의 판단인지 아니면 진짜 그런 이야기를 한 것인지, 그를 우회적으로 거절하기 위함인 것인지는 구분이 안 되었으나 그날 그 이야기를 들은 그는 매우 시무룩해져서는 "그녀와 결국에는 잘 안 될 것이다."라고 단정 지으며 이야기를 하지 않으려 했다. 결국 시간이 더 많이 지나서 그가 일마저 바빠진 관계로 그녀와의 연락까지 뜸해진 바람에 친분

관계조차 그저 아는 사람이 되었을 무렵, 그는 다시금 그녀에게 만나자는 이야기를 해봐야겠다고 말했다. 하지만 결과적으로 관계가 가라앉은 만큼 다시금 수면 위로 끌어올린 다음에 뭘 해도 해야 한다고 이야기했으나 그는 그사이 나름 그녀와 친한 그 동료 사원의 이야기를 틈틈이 들으면서 어딘가 모르게 조바심까지 생겼고 결국 독단적으로 그녀에게 또 한 번의 데이트 신청을 하고야 말았다. 이번에는 직접 만나서 하지 못했고 문자로 하였는데 답조차 오지 않았다. 물론 답이 오긴 왔으나 며칠 뒤에 왔으며, 그녀는 그의 문자를 어떻게 거절해야 할지 고민 끝에 문자를 보내는 것이라는 등 꽤나 긴 장문의 내용을 보내왔다. 자신은 아직 남자를 만날 생각이 없으며 자주 와서 호의를 보이는 것조차 처음과는 달리 부담스러우니 하지 말아줬으면 하는 내용의 문자를 보내왔는데 그는 결정적인 그 문자 내용을 받고 나서도 자신의 행동에 대한 잘못을 생각하는 것보다 그녀가 받았을지 모를 주변의 시선 때문에 결국 이런 거절을 받게 된 것이라 생각하며 상황을 상당히 비관적으로 생각했다. '만일 자신이 좀 더 괜찮은 사람이었다면' 혹은 '그녀가 좀 더 개인적인 일을 하는 사람이었다면' 등으로 '만일 ~했더라면'이라는 것에 둘 사이의 상황을 끼워 넣고는 그랬더라면 일이 그렇게 되지 않았을 것이라고 계속해서 반복하면서 적어도 그녀와의 사이가 나빠진 것을 회복하기 위해 추후 진행을 더하는 것으로 그와의 만남은 마무리되었다.

남들이 보면 그가 마냥 답답하게만 보일 수도 있다. 혹은 보면서 욕이 나올 수도 있다. 그냥 상식적으로 생각해도 그러면 안 될 텐데 왜 그렇게 했을까 하고 생각해보면 아까도 말했지만 그렇게 살아온 사람이라면 공감되는 '이성을 대할 때 어떻게 해야 할지 모르는' 그런 환경이라는 것은 반드시 있기 마련이다. 애석하게도 그런 환경에 반쯤 강요당하듯이 머물러 살아와서 결핍이 생겼다고 해도 누구 하나 그 결핍을 올바르게 보상해주는 것도 아니며 바로잡아주는 것도 아니다. 또한 결핍이 생겼다고 이야기를 해주는 경우도 없을 것이다. 이 남자의 비극은 바로 그런 것이다. 자신이 '~를 하지 말아야 할 이유'라는 이름하에 부정적이자 비관적으로 이곳에 담지 못한 극단적인 생각을 한 것은 더 많다. 그는 중간에 "그렇게 될 경우에는 죽고 싶을 것 같다."는 생각까지 한 적이 있는데 그것은 그녀를 잃었을 때가 아니라 결국 시도하는 과정에서 벌어지는 일들에 관해 자신이 생각하고 예상한 것처럼 잘 풀리지 않을 때 정말 자신은 생각한 것처럼 자신의 인생이 꽉 막혔고 운이 없을 것 같기에 정말 그런 느낌도 들 것 같다는 의미에서 그런 이야기를 한 것이다. 그는 끝끝내 그녀와의 관계를 바로잡지 못했으며 나중에 그녀가 회사를 관두고 이직을 하게 되면서 그의 짝사랑도 자연스럽게 끝나게 되었다. 안타까운 것은 짝사랑에 서툰 사람의 비극은 '나 아닌 그 사람에게도 피해를 줄까 봐'라는 생각에 너무 많은 것을 극단적으로 혹은 안 좋은 일이 일어날 것을 대비하려고 하다가 결국에는 이도저도 못하고 상대를 잃고 만다는 것

이다. 상대에게 피해를 줄지 안 줄지는 알 수 없는 것이다. 그 혹은 그
녀와 함께하는 시간 혹은 기회가 주어진다고 해도 결국 그 시간 동안
에 내가 상처를 입히게 될 수도 있는 노릇이다. 그것을 잊는다면 언제
까지나 모든 것을 대비하려고 전전긍긍하게 될 것이다. 완벽한 연애
는 없지 않은가? 모난 곳을 다듬으며 연애를 하는 것이다.

4

내가 만나는 남자는
왜 하나같이 이 모양이지요?

　이제 갓 대학을 졸업한 그녀에게는 고민이 하나 있다. 자신이 대학 시절 내내 만나온 남자들은 하나같이 전부 다 '자신을 가지고 논 남자' 혹은 '섹스를 위해 만나려고 한 남자'들밖에 없었다는 것이다. 그녀는 대학시절 동안 총 일곱 명의 남자를 만났으며 그 기간은 각자 그렇게 길지 못했다. 중요한 것은 새롭게 만나고자 하는 남자는 일곱 명의 남자 중 한 명이라는 것이다. 그녀와의 대화는 그렇게 긴 시간 예약된 것이 아니었기에 중요한 얘기만 듣기로 하였다. 그녀는 단 한 번도 먼저 고백한 적이 없었고, 단 한 번도 먼저 차본 적이 없다고 한다. 그리고 차이면서 한 번도 매달린 적이 없다고 한다. (그도 그럴 것이 그 남자들 전부 다 헤어지면서 그녀에게 참 나쁘다는 생각이 들 정도로 대했으니 그럴 법도 하다는 생각이 들었다.) 쉽게 말해서 오는 사람 막지 않고 가는 사람 잡지 않은 사람이라고 봐도 무방할 것이다. 그렇다면 그 헤어진 사람들과의 관계는 어떠냐고 했더니 전부 다 '친구'로 지내고 있다고 한다. 내가 여기서 주목한 점을 요약하자면 이렇다. 그녀에게 연인으로서 상처를 준 사람들이기에 연인으로서는 지낼 수 없지만 '친구'로서는 지낼 수 있다는 것이 그녀의 생각의 요지라고 보면 될 것 같다.

그녀는 결국 상담시간 동안 계속 앞선 사귄 사람들이 얼마나 나쁜 남자였는지를 열거하면서 자신이 이번에 다시금 사귀려는 그 사람에게 또 배신을 당하지는 않을지, 어떻게 하면 그런 상처를 받기 전에 그를 자신의 마음대로 할 수 있을지에 대한 이야기를 물어왔다. 그녀의 이야기가 끝나자마자 나는 그녀에게 이렇게 답했다. 그 사람들 전부 다 나쁜 남자가 아니라고 말이다. 이유는 다음과 같았다. 그녀가 열거한 '나쁜 남자'인 그들의 행동은 전부 다 "처음 자신과 한 약속을 지키지 않았다."는 것에 기반해서 엄격하게 그녀의 기준과 잣대로 평가한 기준미달 불합격자들이었던 것이다. 세상에서 가장 운이 없는 여자였던 그녀가 가장 엄격한 심사위원인 셈이었다. 그녀는 항상 고백해오는 상대에게 자신과 사귈 경우 '해줬으면 하는 것'에 대한 이야기를 한다. 물론 그녀와 사귀고 싶은 상대 남자들은 처음에는 전부다 'OK'를 외쳤을 것이다. 그녀는 그들이 처음과는 달리 계속해서 그것을 지키지 않는 것에 서운하고 섭섭했던 것, 그리고 배신감을 느낀 것에 대해 열거하면서 "도대체 그럴 것이면 뭐 하러 사귀었는가?"라는 말을 상담 내내 반복했다. 결국 그녀의 '약속에 대한 집착'을 못 견딘 남자들은 그녀에게 각각의 나쁜 방식으로 (바람을 핀다거나 혹은 욕설을 퍼부어버린다거나 혹은 싸우면서 자존심을 건든다거나) 결국 그녀에게 이별을 고했으며 그녀는 그것으로 인해 잡는다는 생각은 당연히 하지 않았다. 앞서 말한 섹스를 위해 만났다는 남친도 결국 질문의 질문을 거듭해 들어가 보니 '그녀의 약속' 중 스킨십에 해당하는 항목이 있었으나 그것을 어기고 그녀를 설득해보려 했던 남자친구에 대해 그렇게 표현한 것이다. 결국 그녀는 자신의 '약속을 반드시 지키는 것이 당연한' 태도에 대해 달리 생각하는 쪽으로 태도를 바꿔보기로 했고 남자가 처음과 달리 마음이 달라지는 것이 자신을 덜 좋아하기 때문이 아니라 관계의 변화 때문(처음에는 얻기 위해 그 다음에는 얻었기 때문)이라는 점을 머릿속에 담아두기로 했다.

Advice journal

당연한 이야기일지 모르겠지만 그녀는 그런 대화가 오간 이후에도 몇 번은 더 상담을 했으며 그 이유는 자신이 그동안 해온 연애에 대한 습관을 변화시키지 못하기 때문에 추후에 나와의 상담으로 알게 된 그런 태도가 매우 불순하게 느껴지고 잘못된 것 같다는 생각 때문에 내적 갈등으로 인해 대화를 더 이어나가게 된 것이다. 물론 그녀의 태도가 완전히 틀렸다는 것은 아니다. 결코 그렇게 살아서는 안 되며 그것은 매우 잘못된 것이기 때문에 보는 사람들은 교훈을 삼아서 그렇게 행동하지 말라는 것은 절대로 아니다. 하지만 그녀가 자신의 연애관 혹은 삶의 방식을 고집하게 된다면 결국 그녀는 자신의 삶의 방식, 가치관 혹은 연애관과 같은 사람이 나타날 때까지 한없이 외로워질 수밖에 없으며 계속해서 주변의 이해를 구했을 때 '이상한 사람'이라는 낙인이 찍힐 수밖에 없다는 것이다. 그것은 어쩔 수 없는 것이며 자신이 선택한 것에 대한 대가이다. 따라서 자신이 꼭 변할 수 없다면 혹은 자신의 인생에 대한 배신같이 느껴진다면 남들과 조금 다르거나 유별나다고 해서 억지로 바꿀 필요는 없다. 하지만 그 것을 고쳐서 자신이 좀 더 남들과 어울려서 살 수 있고 편하게 살 수 있을 것이라고 생각한다면 변화를 시도하는 것도 나쁘지는 않다. 결국 그녀의 문제는 자신의 지나친 '가치관' 문제였고 그것이 결국 자신을 '나쁜 남자'만 만나는 불행한 여자로 만든 것이다. 생각해보라. 자신이 정말 나쁜 남자만 계속해서 만나는 여자라면 정말 나쁜 남자 유형의 남자만 즐기는 여자일 수도 있다. 그런 남자는 재미있고 그 반대의 남자는 상대적으로 재미가 없기 때문에 만나지 않으려는 여자도 꽤나 많다. 자신을 들었다 놨다 하는 남자가 아무래도 안정만 추구하고 밋밋한 남자보다는 재미있을 테니 말이다. 하지만 그런 것이 아니라면 자신은 나쁜 남자에게 휘둘리거나 당하는 가련한 피해자가 아니라 자신의 가치관에 의해 혹은 편협한 시각에 의해 남자를 그렇게 규정짓고 평가하는 것뿐이다. 그것을 통과할 수 있거나 견딜 수 있는 남자는 아무도 없다. 소울 메이트라면 통과하지 않느냐고? 당신은 누군가를 만날 이유를 찾는 것이 아니라 거절할 이유를 찾는 것이다. 소울 메이트라도 통과하지 못할 것이다. 믿어라! 분명한 사실이니 말이다.

연인이 이전과 조금만 달라져도 애정이 변했다거나 식었다고 호소한다면 혹은 연인이 처음에 지키기로 했던 것을 지키지 않았다고 상대를 나쁘다고 몰아세운다면 그 연애는 얼마 못갈 것이다. 좋아하는 마음에 따라 언제든 달라질 수 있는 것이 관계인데 어찌 매뉴얼이나 타임테이블에 맞춰서 움직이려 하는가? 그것은 당신의 욕심이다. 마음의 준비가 되지도 않았는데 그것을 배려하지 못하는 상대의 문제? 그렇다면 상대의 애정의 발전을 이해하지 못하는 당신은 어떠한가?

똥차 가면 벤츠 온다고 하잖아요. 그거 남자한테도 적용되는 말 아닌가요?

30대 중반에 접어든 그는 대학시절부터 정말 수많은 소개팅과 그룹 모임을 통한 만남을 해보았다고 한다. 물론 그 횟수만큼이나 연애를 많이 해보았다고 한다. 하지만 그러는 동안 '정말 내가 결혼하고 싶은 여자'는 만나지를 못했다고 한다. '외모', '학벌', '성격' 이런 문제 때문에 그는 '조건을 따지는 남자'가 된 것이 아니라 그냥 '자신을 사랑하는 사람'이 한 가지 조건을 충족시켜주면 그 여자와 연애를 해왔다고 했다. 그 이야기를 들으면서 나는 그렇다면 그의 '연애에서 성취하고자 하는 바가 매우 궁금해졌다. 그렇게 조건이 까다롭지도 않았다면 그는 왜 계속해서 이별과 만남을 그렇게 자주 반복해왔던 것이며 그중에 자신이 결혼할 만한 사람은 만나지 못했던 것일까?

항상 만나다 보면 어느 순간에 '이 사람보다 더 괜찮은 사람을 만날 수 있지 않을까? 아직 나이도 어린데.'라는 생각을 했다고 한다. 그는 항상 자신이 아직 결혼을 하지 않은 40대 혹은 몇 살 많은 주위의 지인들보다는 어리다는 것을 머리에 각인이라도 하고 있는 듯 30대 중반인 자신의 나이가 '많지 않다', '어리다'는 것을 연이어 강조하며 이야기를 이어나갔다. 흥미로운 것은 그러면서 처음에는 '많지 않은 조건'을 이야기했으나 그런 생각을 하고 나서는 그녀의 '흠'이 보이기 시작했다는 것이다. "왜 여자들은 남자랑 헤어지고 나서 더 좋은 남자 만날 거라고 하잖아요. 똥차 가고 벤츠 온다고 말이에요. 생각해보면 나도 왜 안 그렇겠는가 싶더라고요. 그 사람이나 나나 지금 피차 서로 똥차일지 어떻게 알아요." 그래서 나는 그럼 혹시 더 좋은 사람이 나타날지 모르니 그럼 그쯤 하고 시간낭비를 하지 말자는 개념에서 계속 다른 사람을 찾는 것인지 질문하자 그는 격하게 공감하였다. 인생은 한번뿐이고 그중에서 자신이 누군가에게 정착할 것이라면 그 한번은 완벽하게 혹은 정말 후회하지 않는 선택을 하고 싶다는 이야기를 덧붙이면서 그는 "언제쯤 마음에 꼭 드는 사람을 만날 수 있을까요?"라고 질문을 해왔다. 어떻게 하면 마음에 드는 사람을 만날 수 있을까도 아닌 마치 점술가에게 물어보듯 언제쯤 마음에 드는 사람을 만날 수 있을까를 물어보는 그에게 참으로 할 말을 잃어서 무어라 대답해주어야 할지 잠시 말문이 막혔다. 왜냐하면 그는 너무나도 잘못된 생각을 가지고 연애에 접근하고 있었기 때문에 내가 무턱대고 "그렇게 생각하시면 안 됩니다"라고 말해줄 수는 없는 노릇이니 말이다.

그래서 결국 내가 선택한 것은 그에게 '적어도 결혼을 하는 가장 늦은 시기'에 관하여 물어보았다. 미루고 미루더라도 혹은 밀리고 밀리더라도 어쩔 수 없이 해야 하는 시기는 언제냐고 말이다. 하지만 그는 자신이 정말 마음에 드는 사람이 나타나지 않으면 혼자 살 의향도 있다고 답하여 기준을 정해주려는 것에 있어서 매우 답답함을 느끼게 만들었다. 그래서 그에게 이렇게 이야기를 해주었다. "연애에 있어서 혹은 결혼에 있어서 당신이 가진 기준은 충족될 수 없는 기준이기 때문에 적어도 기간을 정해서 언제까지는 그 기준에 대해 생각하고 더 적극적으로 찾아보는 것이 중요하다."고 말해주었다. 흔히 그런 말이 있지 않은가? 피할 수 없으면 즐기라고 말이다. 그에게 '그저 시간이 지나감에 의해 또다시 다음으로 건너가는' 행동을 하지 말고 차라리 처음부터 어떤 시간적 기준 하에 그리고 자신이 정해놓은 '정말 좋아하고 결혼하고 싶은' 여자의 기준을 적극적으로 선별해보라고 말해주었다. 오히려 그게 그의 입장에서 말하는 시간낭비를 하지 않는 것에 더 가까우니 말이다. 언제 그 여자를 만날 수 있느냐는 결국 그 남자의 몫인 셈이다. 채워지지 않는 욕심을 계속 채우려 하는 것은 그의 자유겠지만 괜히 누군가의 마음을 얻고 나서 나 아닌 그 사람의 시간에 동의를 구하지 않고 그 사람도 내가 똥차일지 모르니까 "피차 시간낭비 하지 말자."라는 것은 자신만의 이기심이니 함께할 것이 아니라면 처음부터 시작하지 말라는 이야기인 셈이다. 그는 추후 조언에 따라 '더 좋은 여자 찾기'를 처음부터 적극적으로 하고 마음에 들지 않으면 끊어내고를 반복하였으나 결국 그 행동의 부작용에 의해 이성을 만나는 것이 힘들어지자 결국 '더 좋은 여자를 만드는 법' 쪽으로 방향을 틀었고 그것에 대해 이야기를 하는 것이 다음 상담에 대한 내용이었다.

Advice journal

삶이 완벽할 수 없는 것처럼 누군가의 인생, 누군가의 연애, 누군가의 관계는 마음먹은 대로 혹은 자기가 꿈꾼 대로, 바란 대로 이루어지지 않을 가능성이 크다. 이 남자의 경우에도 마찬가지다. 그가 그것을 바라든 원하든 계획했든 혹은 추후 만들려 하든 그것이 마음같이 안 될 확률이 정말 그가 100% 마음에 들어 할 확률보다 훨씬 높으며 현실적이라는 것이다. 하지만 연애초심자들의 경우에는 자신들이 어린 시절부터 혹은 '연애'라는 것에 있어서 마냥 꿈꾸던 핑크빛 혹은 달달하거나 바른 관계에 대해서만 생각하다 보니 누군가를 만나는 것이나 관계를 이루는 것도 자신의 뜻대로 이루어지지 않으면 혹은 자신의 생각대로 상대가 움직여주지 않으면 혹은 반응이 오지 않으면 그것 나름대로 속상해하고 답답해하는 경향이 있다. 결국 나 아닌 상대의 자주권을 인정하지 않는다는 소리이며 '연인이니까'라는 이름으로 그 상대를 내가 원하는 모습 혹은 우리의 모습에 억지로 끼워 맞추려 하는 격이나 다름없다는 것이다. 온전히 그것이 잘못된 것임을 안다면 어느 정도 다행이겠지만 모른다면 아마 또 다른 사람으로 건너간다고 할지라도 똑같은 문제는 반복될 것이며 자신이 문제라고는 생각하지 않을 것이니 결국 '나는 왜 자꾸 이런 사람만 만나는 것일까?'로 이어진다는 것이다. 그러고는 친구들과 이야기를 하거나 혼자서 위안을 삼는다면 결론은 하나로 이어진다. 그 사람이 똥차였다고 말이다. 물론 그럴 수도 있다. 하지만 그렇지 않다면? 정말 문제는 누구인지 생각해보도록 하자.

6 친구라고 말은 했지만…

　이별 후에 '친구'라는 이름으로 다시 만나는 경우는 참으로 많다. 물론 그렇다고 해서 이별했을 때의 감정이나 상황을 잊은 것도 혹은 그 상황들이 아예 없었던 일이 되는 것도 아닌데 아득바득 두 사람 중 미련이 남은 사람은 "좋게 헤어졌지만 친구로는 지낼 수 있다."고 이야기하고 그런 경우에는 둘 중 미련이 남은 그 한 명은 반드시 감정을 속이면서(자신의 감정이든 상대의 감정이든 "우리는 친구야"라고 속이면서) 만남을 이어간다는 것이다. 이것은 99%의 확률로 그러하며 '반드시'라는 말을 써도 과언이 아닐 정도이다. '친구'라는 이름의 이면에는 '재회'라는 모습을 가지고 있다는 사실은 이미 말하지 않아도 아는 사실일 것이다. 이 사연의 주인공인 여자도 마찬가지다. 처음부터 나와 함께 진행했던 것은 아니지만 이별 후에 매달리던 것에 실패하고 시간을 좀 두고 그와 다시 만나게 되어 친구로서 지내고 있던 도중에 그를 볼 때마다 힘들어서 상담을 신청했던 아가씨였다. 흥미로운 사실은 그를 '당장 되찾는 것이 목적'이 아니라 '그와 지금의 상황을 유지'하는 것이 목적이었다는 점에서 '재회'에 접근하는 시각이 통상적인 사람들과는 매우 달랐다는 것이다. 흔히 재회라는 케이스를 다룰 경우 헤어진 지 얼마나 되었는지, 그 사람과의 관계가 어떠냐에 따라 빠른 접근과 느린 접근, 빠른 관계회복과 느린 관계회복으로 나누어지는데 일단 회복된 이후에 관계를 유지시키면서 다음 단계를 대부분 잘 거치지 못하기 때문에 헤어지는 경우가 많다. 이 '관계 유지'라는 것은 반드시 지인관계 혹은 친구관계만 있는 것이 아니라 재회에 성공한 사람에게도 해당되는 부분이기도 하다. 하여튼 그 여자의 이야기로 다시 돌아가서 이야기해보자면 그 여자는 그 남자와의 친구 사이를 자신이 현명하게 유지할 수 있는 방법을 알고 싶어 했다. 당장의 다시금 만남보다는 말이다. 그래서 내가 "다시 만나는 시도는 전혀 하지 않으려 하느냐?"고 했더니 그녀는 이미 앞서서 그와 몇 차례의 헤어짐 동안 자신이 한 행동 때문에 이번에는 정말 마지막이라고 생각하고 그가 자신을 보는 눈이 좀 달라졌을 때 시도하고 싶다고 했다. 하지만 좋아하는 것이나 신경 쓰이는 것은 어쩔 수 없기에 하루에도 몇 번씩 충동적으로 행동할 것 같아서 미칠 지경이라고 했다. 결국 나는 그에게 편지를 써보도록 했으며 그 행동으로나마 그녀는 일단 감정을 표현하는 것에서 진정되었다. 하지만 그와의 충돌이 잦아지자 그녀는 이내 그에게 다시금 고백해야 할 것만 같은 생각이 계속 든다고 다시금 상담을 신청해왔다.

💬
Advice journal

그녀는 결국 추후에 그와의 관계를 한동안 띄워보라는 나의 조언에 따라 그에게 거리를 두게 되었으며 '억지로' 참으면서 그와의 관계를 피하듯이 거리를 둔 이후에 결국 다시금 고백했다. 흥미로운 사실은 그녀가 그렇게 괴로워하고 있었던 사실을 그는 알고 있었으며 그 기간 동안 그녀에 대해 다시금 생각해보았다는 것이다. 하지만 헤어질 때의 두 사람 간의 일들에 대해 잊은 게 아니어서 그는 그녀에게 생각할 시간을 달라고 했으며 그녀는 그것을 수락했다는 내용을 끝으로 나와의 대화는 마무리되었다.

내가 누군가를 되찾기 위해 적어도 그 사람이 부담스럽지 않을 만한 형태로 그 사람 주변에서 맴도는 것은 그만큼 나 자신에 대한 책임이 필요하다. 그리고 또한 '재회'라는 의미에서 바라봤을 때 나와 그의 사이를 '돌아온다' 혹은 '돌이킨다'는 말을 써가면서 애써 다시금 이어가려고 해보는 것이지만 사실 '짝사랑'이 시작된다고 봐도 틀린 말은 아니다. 내가 아무리 쿨한 척 해봐야 나는 쿨하지 않으며, 그 사람을 위해 쿨한 척하는 것이고, 내 마음을 들키지 않으려 애쓰는 것이고, 그 마음을 전달하고 싶지만 전할 수 없는 그리고 나를 봐줄지 아닐지 알 수 없는 오히려 안 볼 가능성이 높은 상대를 향해 오매불망 바라보고 있다는 것은 짝사랑보다 더 힘든 감정일지도 모른다. 어쩌면 그러다가 정말 그냥 끝나버릴 수도 있는 관계일지도 모르니 말이다. 당신이 만일 누군가를 다시 되찾기 위해 마냥 '친구'라는 것으로 가장하고 만나고 있다면 그 혹은 그녀를 대하는 나의 감정에 얼마나 책임지고 있는지 생각해보라. 만일 그것을 견딜 수 없어 하루에도 수십 번씩 고백할까 말까를 반복하고 있다면 실수하기 전에 차라리 그 혹은 그녀와의 거리를 두라. 다시금 고백할 때 하더라도 친구로 있으면서 당신의 힘든 감정을 그 혹은 그녀에게 당신은 티 안 나게 행동한다고 한 것을 이미 보고 느끼고 불편해하고 있었을지 모르니 말이다.

너무 바쁜 그, 우리 연애 하고 있는 거 맞나요?

　〈Project In Love〉 카페의 내담자 보호를 위해 만들어둔 게시판에 가장 많이 올라오는 글들 중 하나가 '연인의 태도'에 대한 분석에 관한 내용이 가장 많은 비중을 차지하고 있다. 그중에서도 여성들은 남성들의 '연락 빈도'에 관하여 애정의 척도를 확인하고자 하는 글이 많은데 마지막으로 이 이야기를 해보고자 한다. 대부분의 '연락에 대한 빈도'에 대한 글은 '그 남자'는 너무나도 바쁘다는 내용의 이야기이며 한결같이 그는 '학업'에 관련된 일로 너무나도 바쁘거나 혹은 '직장에서 처리해야 할 일'로 인하여 너무나도 바쁘다는 것이 공통된 내용이었다. 그녀들은 전부 대화를 시도해보지 않은 적이 없으며 상대 남자들은 하나같이 그런 대화를 "어쩔 수 없었다." 혹은 "다음에 이야기하자."라는 식으로 회피하곤 했다고 한다. 아마 이 책을 보고 있는 당신도 이런 경우에 대해 주변에서 한두 명쯤은 겪어본 사람이 있거나 혹은 들어본 적이 있을 것이다. 그만큼 연애문제에서 큰 비중을 차지하고 있는 '바빠서'라는 문제는 어느 한쪽을 애타게 만들며 애정을 확인받고 싶게 만드는 이유가 된다.

하지만 반대쪽의 입장에서는 나는 분명히 챙겨준다고 했는데 너무 시도 때도 없이 만나자고 하거나 애정확인을 바란다고 이야기하는 경우가 많다. 그렇다면 이런 경우에는 어떻게 해야 하는 것일까? 계속해서 몰아붙이는 것이 답일까? 이런 경우에는 '애정확인'이라기보다는 둘 사이의 '당연함을 제거'하는 것이 가장 좋다. 예를 들어 매주 휴일마다 만나는 것이 일상인 커플이라면 그중 한 사람은 다른 날은 바쁘기도 바쁘고 휴일에 만나는데 조금만 참으면 되지 이런 생각을 가질 수도 있다. 연락 역시 이야기를 많이 하게 될 경우 '만나서 할 이야기가 없을까 봐'라는 이유로 일부러 하지 않는 경우도 더러 있다. 그렇기 때문에 '당연하게 하는 것'들을 제거하고 그 사람이 나의 시간을 얻기 위한 조금의 노력을 하도록 만들어야 한다는 것이다. 당연하게 예약된 주말의 시간 또는 당연하게 정기적으로 하루 중 언제는 나와 이야기하니까, 당연히 그 시간대에는 나랑 통화하니까 이런 식이 되어버리면 결국에는 둘 사이에 긴장감이나 색다름보다는 안정감만 자리 잡게 되고, "그때 하면 되지 뭐."라는 이유로 그 외의 시간에 자신이 하는 다른 활동에 신경을 많이 쏟게 되고 결국 그 시간까지 어기게 된다는 것이다.

Advice journal

　당신이 그 연애를 유지하느냐 하지 않느냐를 그때 생각해서 바로 관계를 끝낼 수도 있다. 왜냐하면 이미 나를 위해 노력하지 않는 상대 때문에 당신은 정이 다 떨어졌을 가능성이 크기 때문이다. 하지만 그런 만남을 당신이 자초한 것이 아닐지를 생각해보는 것이 우선이 아닐까 싶다. 당연한 만남, 당연한 연락 속에서 두근거림이나 설렘은 생겨나지 않는다. 생각해보라. 썸 타던 시절에 당연한 것이 있었던가?

각각 일곱 가지 사연에 대해 (실질적인 사연은 여섯 개이고 마지막은 게시판에 올라온 글 유형이지만) 허락을 해주신 분들에게 이 자리를 빌려 감사드린다는 말을 전하고 싶다. 이야기의 특성상 누군지 특정할 수 있는 민감한 내용이 너무나도 많아서 자세한 이야기를 다 쳐내고 직업적인 부분을 다소 각색한 부분도 있었지만, 그들만큼은 자신의 이야기라는 것을 알 수 있을 것이고 자신의 이야기로 인하여 많은 분들이 교훈을 얻었을 거라는 것에 대해 믿어 의심치 않을 거라는 생각도 할 것이라고 나 역시 믿어 의심치 않는다. 연애에 있어서 지름길은 앞서 간 사람들의 발자국을 보면서 따라 걷거나 혹은 그것을 응용하는 것이 가장 빠른 길이다. 믿거나 말거나 그것이 흔히 말하는 '진리'에 다소 가까운 길이며 그 어떤 연애 지침서보다 효과적인 것이라는 것은 굳이 입 아프게 말하지 않아도 모두가 알 것이니 말이다. 당연한 것을 당연하게 못했다면 왜 못했는지를 생각하고 지금도 못할지 혹은 그것을 했을 때 얼마나 최악의 일이 발생할지를 먼저 생각하는 게 우선이다. 혹시 아는가? 그때는 답을 찾지 못했던 것을 지금은 찾게 되어서 연애에 있어서 당신에게 최고의 무기를 만들어줄지 말이다.

연 애
꼼수를
말하다

Part 4
꼼수 부작용을 말하다

1

결손함의 상실

어쩌다가 얻어걸린

연애를 못하는 사람 혹은 연애가 서툰 사람도 혹은 연애의 '연'을 떠나 이성의 '이' 자도 모르는 사람이라도 어쩌다가 얻어걸릴 경우에는 누구보다도 쉽게 연애를 할 수 있다. 사람마다 그런 순간은 한 번씩 있으며 반드시 그런 경우에는 그만큼의 관리가 들어가야 하는 것이 철칙이다. 하지만 쉽게 잊어버리곤 하는 것이 초심 혹은 올챙이적 시절의 자신의 모습을 쉽게 잊어버리곤 한다. 연애를 못해서 연애에 관해 이곳저곳 알아보고 다니거나 연애를 많이 해보거나 연애에 대해 나름 능력 있는 사람의 말을 참고하던 사람이 어느 날부터 그렇게 쉽게 시작하게 된 연애를 하게 되면서 "별것 아니네. 왜 굳이 그이야기를 들어야 하나?" 이런 태도로 돌변하게 된다는 것이다.

또한 자신을 낮추어서 연애를 얻었다면 그것을 통해 연애가 실패해도 또다시 쉽게 연애를 손에 넣기 위해 모습을 바꾼다거나 혹은 연애를 하면서 목적을 달성하기 위해 모습을 바꾸는 행동을 서슴지 않는다는 것이다. 그러면서 스스로는 '나는 쩌는 스킬을 가지고 있다.'고 생각하며 그것이 상대를 자신에게 계속해서 빠져들게 만드는 것이라고 끊임없이 잘못 생각하게 한다는 것이다. 그러다가 결국 돌이킬 수 없는 위기에 봉착하게 되어 자신이 정말 원하던 혹은 지키고자 하던 상대를 잃어버리게 되면 헤어 나올 수 없는 고통 혹은 통증에 시달리게 되거나 더 망가져서 그나마 이성을 존중하던 이전의 태도조차 상실한다는 것이다.

그렇기 때문에 어쩌다가 얼어걸려서 연애를 하게 된다면 자신이 부족한 만큼 좀 듣기 싫더라도 연애를 하는 것에 있어서 잔소리를 해줄 사람이 필요하다. 자신이 능숙해서 연애를 하게 된 것도 아니며 자신이 가지고 있는 몇 가지 매력 중 하나가 어떤 타이밍에 우연히 어필이 되어서 상대와 사귀게 된 것뿐이니 연애를 유지하기 위한 것은 안 된다는 것이다. 그저 때우기 식으로 '남들 다 하듯이 나도 하면 되겠지?'라고 생각한다면? 연애할 때 나름 특별하게 생각하면서 연애를 시작한 그 혹은 그녀는 얼마 안 가서 당신에 대한 판타지가 꺼질 것이며 금방 싫증이 날 것이다. 연애할 때 항상 얼마 못 사귄 사람들을 생각해보라. '좋은 게 좋은 거지'라는 것의 결과이다.

자신이 가진 것이 무엇인지 모른다

연애를 쉽게 하게 되고 얄팍한 편법 혹은 꼼수로 쉽게쉽게 연애를 유지할 수 있다는 것을 알면 연애를 가볍게 여기게 된다. 간단하고 가볍고 쉽게 생각하는 것은 그만큼 빨리 내칠 수 있으며 그 가치를 전혀 알아주지 않는다는 것은 누구나 다 아는 사실이다. 그렇기 때문에 연애라는 가치를 쉽게 손에 넣을수록 혹은 쉽게 유지하는 방법을 많이 알면 알수록 겸손과는 반대의 모습들을 가지게 되는 것이 당연하다. 자신이 그러한 연애를 하고 있다는 것을 사람들에게 알리고 자랑하고 싶은 생각이 강하며 그렇게 사람들에게 일화를 들려주는 것으로 자기 스스로 무언가 대단한 것을 가진 것처럼 만족감을 가지는데 정작 그 이야기를 하는 자신은 '자신이 가진 것'이 어떤 가치를 가졌는지는 정확히 알지 못한다. 그저 자신이 가진 것을 똑같이 가지지 못한 사람에 대한 자랑거리 혹은 하나의 스펙 정도로 내보이는 경우가 강하다. "내가 여태까지 만난 여자의 수는…"이 아마 그것의 대표적인 예가 아닐까 싶다.

결국 겸손하지 못한 그 혹은 그녀의 행동은 자신이 연애를 못했을 때와는 전혀 반대의 태도를 보이며 "나는 마음만 먹으면 얼마든지 연애를 할 수 있었는데 여태 안한 것뿐이다."라는 식의 태도를 친구들 혹은 지인들에게 보이며 그들의 부러움을 자신처럼 하면 연애를 할 수 있다는 식으로 전환하게 되며 결국에는 자신의 짝에게 "나는 너 아니라도 다른 좋은 사람 만날 수 있다." 혹은 "너랑 헤어진다 해도 아쉬울 것 없다."와 같은 생각으로 함부로 대하기 시작한다는 것이다.

흔히 나쁜 남자 혹은 나쁜 여자를 보면 "원래부터 그렇다." 혹은 "원래 그런 성격이다."라고 이야기하는 경우가 있는데 그런 경우보다는 '최초의 연애'에서 잘못 구축된 연애에 대한 마인드 탓에 나 아닌 상대에 대한 인식이 크게 없어서 본의 아니게 나쁜 남자 혹은 나쁜 여자가 되는 것이며 그들에게 빠지는 이성들의 말처럼 그렇게 이성을 끌어당기는 그들만의 특별하게 빠져나올 수 없는 매력이 있는 것이 아니다. 지극히 평범하고 지극히 단순한 행동, 즉 남들은 이리저리 계산하느라고 못하는 행동을 그들은 그냥 자신들이 편하게 연애하고 싶으니까 행동하다 보니 그것에 끌리는 사람이 단지 많을 뿐인 것이고, 그 행동 너머에는 아무것도 없으니 상처를 받는 것뿐이라는 것이다. 그렇기 때문에 나쁜 남자와 나쁜 여자를 신격화해서 그들이 무언가 연애에 있어서 특수한 스킬이 있어서 그 스킬로 이성들을 휘두르고 다닌다고 생각한다면 지나친 착각이고 오산이라는 것이다. 만일 당신이 처음 연애를 해보기 전과 다른 시각으로 연애를 하고 있다면? 더 이상 늦기 전에 빨리 당신이 처음 누군가를 사귀기 전의 마음가짐으로 되돌아가려고 노력하길 바란다. 지금은 좋은 게 좋을지 모른다. 하지만 지금의 당신을 받아주는 사람을 잃게 된다면? 당신은 어쩌면 끝없이 고독해질지 모른다. 의미 없이 누군가가 당신을 바꾸겠다손 치고 만난다면? 혹은 당신과의 만남에서 당신의 외로운 모습을 보고 당신을 치유하겠다고 만난다면? 그건 당신의 증상을 좋아한 것이지 당신을 좋아한 게 아닐지도 모른다. 이왕이면 나쁜 남자 혹은 나쁜 여자보다 그냥 일반적인 남자, 여자가 되도록 하자.

누군가가 나를 택하지 않는 것이 부당하다고 생각한다

한 번은 우연히 성공할 수 있다. 혹은 행운이라고도 생각할 수 있다. 두 번까지도 마찬가지다. 하지만 세 번째부터는 점점 자신에게 어떤 요소가 있어서 누군가가 자신을 좋아하게 되는지 매력을 찾아보고 생각해보려 할지도 모른다. 결국 자신이 '어떤 특이점' 하나를 발견해서 그것만으로도 이성을 충분히 유혹하는 게 가능하다고 생각하면 이성에게 다가가서 호감을 이야기하는 것이 그것을 알기 이전과는 전혀 다른 상황이 될 수도 있다는 것이다. 이전에는 자신의 부족함 혹은 실수를 찾고 그것을 바로잡기 위해 노력했다고 한다면 이제는 마치 필승법과 같은 방법을 알았기에 당신은 아마 "나는 충분히 할 만큼 했는데 그 여자 혹은 그 남자가 문제가 있는 것이다."라고 생각할지 모른다는 것이다. 즉 상대를 대하는 태도에 있어서 나와 함께해주는 것이 고마운 일로 생각할 줄도 알아야 하는데 '너무나도 당연한일' 정도로 생각하게 되어 그 사람이 나를 위해 시간을 내지 않았다는 사실에 서운해하고 한편으로는 조금은 분노하기도 할지 모른다. "자기는 뭐가 그렇게 잘났다고!"라며 말이다. 그래서 쉽게 누군가를 만나고 얻고 하는 것이 당연해지는 것은 매우 위험한 일이다. 앞에서도 말했지만 책임감이 따르는 것이고 그것을 책임질 수 없다면 차라리 조금 돌아가더라도 내가 그 사람을 어렵게 얻는 것이 나 자신을 위해서도 훨씬 좋다는 것이다. 생각해보라. 당신은 이제 스킬 하나를 알았을 뿐이다. 그게 그렇게 대단한 것은 아니다. 그것으로 누군가에게 허세를 부리려 하거나 그게 대단한 것인 양 행동하지는 말

라. 당신이 좀 더 지름길로 가는 것은 '내가 좋아하는 상대와 좀 더 빨리 마주할 기회를 얻는 것' 그 이상도 이하도 아니라는 것이니 말이다.

2

의존

기본?

연애에도 흔히 통상적으로 남들 다 알법한 기본이라는 것이 있다. 대부분 그것은 연애의 기본이라기보다는 '대인관계'의 기본이며, 굳이 설명하거나 말하지 않아도 알법한 것들이 대부분의 내용이다. 마치 "심장이 뛰어야 사람이 산다."고 이야기하는 것과 다를 바 없는 이야기들이 전부를 이루고 있다. 하지만 꼼수로 그것들을 무시하고 상대의 호감을 산 경우에는 기본보다 꼼수에 충실하게 되며 그 사람과의 인상 깊은 첫 만남 이후에도 가급적이면 그런 형태의 만남을 이어가고자 생각하게 될 것이다. 간혹 상담을 하다보면 여자친구에게 선물도 하고 이벤트도 하고 계속해서 만날 때마다 빠른 간격으로 준비하는 남자들이 있다. 물론 자신의 능력이 되면 그렇게 해서 여자친구를 기쁘게 해주는 것도 나쁘지는 않고 말리고 싶지는 않다. 하지만 그 능력이라는 것이 단순히 '물질적 능력'이라는 것을 말하는 것이 아니라 '구성능력'도 포함되어 있다. 무슨 말인가 하면 갈수록 자신이 하는 선물 혹은 이벤트는 처음 구상해놓았던 내용이나 방식들과는 달리 빈약해지거나 허술해질 것이며 비슷하게 반복되는 것이 많을지도 모른다. 또한 갈수록 처음과는 달리 그런 선물과 이벤트들이 자극이 강해지지 않는 이상 일종의 면역이 되어 있는 상대의 입장에서는 언제까지나 초반과 같을 수도 없기 때문에 준비하는 당신의 입장에서는 되레 처음의 쉬운 방식이 갈수록 힘들어질 수도 있고 그것 때문에 상대에게 무의식적으로 짜증을 내게 될 수도 있다는 것이다. 간혹 힘들게 무엇을 준비했는데 상대가 생각했던 것만큼 달가워하지 않으면 혹은 생각만큼 반응을 보여주지 않으면 서운함에 빠져들고 그것 때문에 싸움이 일어나는데, 차라리 그것을 하지 말고 그냥 평범한 일상을 보냈더라면 그럴 일이 없었을 것이라는 결론이 나는 경우가 많다.

따라서 당신이 초반에 어떤 것으로 인해 쉽게 연애를 쟁취했다고 하더라도 기본을 잊고 그것에만 계속해서 의존하게 된다면 오히려 나중에는 위의 예와 같이 당신의 목을 조르고 오히려 연애를 망치게 되는 수가 있다는 것을 기억해두길 바란다. 괜히 어떤 일에서든 기본에 충실하는 것이 아님을 말이다.

다른 방법의 부재

연애를 할 때는 가급적이면 다양한 방식으로 해보는 것이 좋다. 그렇게 해야만 둘 사이의 긴장감과 초반에 느낄 수 있는 각종 좋은 감정들을 오래 유지할 수 있으며 권태를 빨리 느끼지 않을 수 있다. 연애는 결혼이 아니기 때문에 둘 사이에는 도덕적·감정적 의무밖에 없으며, 그 의무는 연인이라는 틀을 벗어던지는 순간 쉽게 벗어던질 수 있다. 하지만 내가 연애를 잘하고 싶어도 혹은 다양하게 하고 싶어도 전혀 할 줄 모른다면 무용지물이 아니겠는가? 바로 이 경우가 그렇다. 쉽게 누군가를 만나고 쉽게 호감을 말하고 쉽게 연애를 하고 그 과정에서 자신이 자신 있는 한두 가지 방법에만 의존해 있다면 연애를 유지하는 것도 또 다른 연애를 시작하는 것도 난관에 부딪치는 상황이 반드시 발생한다는 것이다. 당신이 연애를 하루 이틀 하고 끝낼 것이 아니라면 한번 생각해보길 바란다. 당신이 초반에 그 혹은 그녀에게 잘 보이기 위해 그 순간에 사용한 방법들을 과연 언제까지나 사용할 수 있을 것인가? 혹은 지금 사귀고 있는 사람과 헤어지게 되어 다른 사람을 만나게 되었는데 당신이 자신 있어 하는 그 모습이 마침 그 사람은 싫어하는 타입이라면 어떻게 할 것인가? 수많은 연애 지침서와 연애 관련 영화는 그냥 있는 것이 아니다. 당신이 연애에 대해 조금이라도 관심을 가진다면 길은 열릴 것이다.

상대는 언제나 당신의 완벽한 모습을 원하는 것이 아니다 '호감을 가질 만한 모습'을 원하는 것이다. 그렇기 때문에 당신의 어떤 모습에 호감을 느낄지 알 수 없으며, 당신과 상대 사이에 어느 정도의 호감 혹은 애정만 있으면 당신이 설령 조금은 서툰 모습이라고 해도 당신을 애정 있게 지켜봐줄 것이라는 것이다. 그렇기 때문에 한 가지 방법으로 쌓아올린 모습에만 집중하지 않는 것이 좋다.

편하게 할 수 없는 상황이라면?

상대방의 연애관이나 연애에 대한 신념 등이 너무 확고해서 혹은 상황이 너무나도 확고한 나머지 연애를 하거나 유지하기 위한 혹은 어떤 목적을 이루기 위한 당신의 노력이 마냥 '편하지 못한' 상황이라면 당신은 이렇게 이야기할 수 있다. 그렇게 되면 당신은 그 사람과의 연애를 마냥 불편하게 생각하며 '맞지 않는 사람'으로 몰고 가서 결과적으로 그 사람과 자신이 '안 될 이유'를 끝끝내 찾고야 만다. 문제는 그 사람과 자신이 안 될 이유가 있어서 안 되었다기보다는 그 사람에게 편하게 자신의 연애 목적을 성취할 수 없기 때문에 그렇게 상대를 안 맞는 사람, 맞지 않는 커플로 단정 지어 버린다는 것이다. 하지만 생각해보자. 연애라는 것은 언제나 조율하고 의견을 좁히면서 발전해나가는 것이다. 항상 나와 맞는 상대를 찾을 수는 없다는 것이다.

'나와 정말 맞춤형인 사람을 만나보았기에'라는 느낌 때문에 정말 누군가에게 맞춰가면서 연애하는 것은 죽어도 못하겠다는 부류의 사람이 있다. 물론 그럴 수도 있고, 다 좋다. 하지만 생각해보자. 당신이 정말 좋았던 그 사람만큼 또다시 당신이 좋아할 누군가를 만날 확률이 얼마나 되는지 말이다. 결국 그럴 확률보다 그렇지 못할 확률이 높으며, 현실은 계속해서 내가 완전하게 맞지 않기 때문에 맞춰나가야 할 대상들과 살아가야 한다는 것이다. 결코 언제까지나 꼼수를 써서 편한 길만을 걸을 수는 없으며 내가 원하는 목적을 항상 이룰 수는 없다는 것이다. 생각해보라. 내가 얼마나 편한 길만을 걸으려

하는지, 그것 때문에 괜찮은 그 혹은 그녀를 그냥 거절해본 적이 있
는지.

좋아하는 사람보다는 좋아할 수 있는 사람

흔히 우리는 일을 할 때 요령이라는 것을 빠른 시간 내에 습득해서 그것에 따라 일을 처리하고자 한다. 능률이 좋아지는 것은 물론이거니와 그것으로 인하여 발생하는 시간적인 이득 덕분에 그 시간을 나를 위해 활용한다는 이점까지 덤으로 얻어갈 수 있기 때문에 일에 있어서 요령이라는 것은 매우 중요한 비중을 차지한다. 그것처럼 연애에 있어서도 요령을 한두 가지씩 가지고 있으며 그것으로 인하여 연애를 다소 편하게 하고자 하는 생각을 다들 가지고 있다. 이런 생각이 연애의 시초부터 자리 잡고 있다면 연애는 자신이 좋아하는 사람의 호감을 사는 것이 아니라 '좋아할 수 있는 사람'을 찾게 되어버린다. 좋아하는 사람과 좋아할 수 있는 사람의 기준은 크게 차이가 나지 않는 경우가 많으나 '좋아하는 사람'의 경우를 좀 더 뜯어보면 뭔가 더 이상형에 가깝고 이상향에도 가까운 그런 사람이라고 볼 수 있다. 반면 '좋아할 수 있는 사람'의 경우에는 그 상대 역시 '나를 좋아해줄 수 있는 사람'임은 물론이거니와 흥미롭게도 '나의 이상형'과는 다소 거리가 조금 멀 수도 있다는 것이다.

그렇다면 왜 '좋아하는 사람'에게 대시하기 위한 준비나 노력을 하는 것이 아니라 '좋아할 수 있는 사람'에게 그런 행동을 하는 것일까? 자신을 좋아할 수 있다고 해도 이상형에 가깝지 않다면 어딘가 불만족이 생길 것이고 불 보듯 뻔하게 그것으로 인하여 두 사람의 사이는 틀어질 가능성이 충분히 큰데 말이다. '좋아할 수 있는 사람'을 선택하는 사람들의 생각을 들여다보면 다음과 같이 생각해볼 수 있다.

- 고백했을 때 거절당하는 것에 대한 생각을 계속하는 경우
- 호감을 표하고 상대방이 받아줄 것인지 아닌지에 대한 확률을 계속해서 생각하는 경우
- 이상형은 이상형이고 '좋아할 수 있는 사람', 즉 '나를 좋아해줄 사람'이면 충분하다고 생각하는 경우
- 나에게 호감을 가지는 사람이 또 생길까 의문을 가지는 경우

결국 '거절을 당할까 봐' 혹은 '자신을 또 다른 누군가가 또 그렇게 좋아해줄 것인가?'라는 의문에서 다소 조금은 성급하게 호감이라는 부분을 타협하며, '그 정도면 충분하지 뭐.'라는 식으로 '여자친구 혹은 남자친구'를 만드는 경우가 생긴다. 간혹 남자친구를 정말 자신의 이상형과 달리 만들고 크게 달달하지도 않은 커플의 경우를 보면 여자 쪽에서 대부분 그런 이야기를 한다. "남자친구가 착하니까. 뭐 사

귀어도 나쁠 것 없으니까."라는 식의 이야기를 한다. '착하니까'="그냥 뭐 특별하게 어떤 매력에 끌려서 그랬다기보다는 나쁠 것 없으니까 날 좋아한다니까"라고 이야기하는 것이다.

결국 좋아할 수 있는 사람=나를 좋아해주는 사람. 이것은 어찌 보면 나에 대한 지나친 자존감의 저하로 인한 잘못된 판단이 아닐까 싶다. 또한 쉽게 연애를 하기 위해 생각하다보면 '조금만 내가 타협하면'이라는 판단 하에 쉬운 것과 잘못된 것을 혼동하기 마련인데, 결국 그 타협은 사귀고 나서 운운하는 나의 자존심 혹은 자존감을 처음부터 무너뜨리고 시작하는 것임을 알 필요가 있다.

착하다

앞에서도 잠깐 언급했지만 '착하다'라는 말은 결국 상대방의 매력에 대해 크게 언급할 것이 없을 때 혹은 내가 그와 왜 사귀었는지 크게 특정 지을 수 없을 때 가장 흔하게 하는 말이긴 한데 정말 사람에 따라서는 '순진하다'라는 말까지 동원될 정도로 착한 사람이 있기도 하니 그 경우를 제외하고 이야기를 한 번 해볼까 한다. '착하기 때문에', '착해서', '착하니까'라는 말은 언뜻 듣기에는 좋을 수 있지만 결과적으로 어떤 사람에게 그만큼의 의무를 부여하기도 한다. 물론 직접적으로 "너는 착하니까"라고 이야기하면서 의무를 부여하는 경우는 없지만 "걔는 착하니까"라는 식으로 우회적으로 전달하게 되면 꽤히 그렇지 않은 사람의 경우에도 '나는 착한 이미지를 가지고 있으니까'라는 생각에 의도치 않게 자신이 행동하고자 했던 혹은 마음속에 담아뒀던 모든 것들이 한동안 누가 시키지도 않았는데 잠금이 걸리고 만다. 하지만 그렇게 해서 상대는 원하지 않은 행동을 그 이야기를 한 상대 때문에서라도 이미지를 유지하기 위해 한동안 하게 될 것이며 어느 순간 그것이 견딜 수 없을 즈음에는 "난 원래 이래."라고 하면서 자신이 하고 싶었던 행동을 하게 된다. 마치 설명하지 않아도 해명하듯이 말이다.

또한 상대를 착하다고 평해주면 무난하게 혹은 좋게 둘 사이를 유지할 수 있을 거라는 판단 하에 행동하는데, 그것이 "걔는 착하니까 내가 뭘 해도 이해할거야."라며 공식화되어 자신이 이기적으로 행동하는 것에 뒷받침되어서는 안 된다는 것이다. 상대가 정말 착할 수도 있으나 자신이 만든 상대의 '착하다'라는 이미지는 처음부터 유효한 것이 아니므로 당신이 만든 이미지가 그 사람의 이미지가 될 수는 없는 것이다. 그렇기 때문에 어설프게 상대에게 '착하다'라는 이미지를 씌워서 부담을 주거나 처음부터 당신만의 잘못된 생각으로 행동하다가 분란을 일으키는 행동을 하지 말고 상대에 대해 좋아하는 만큼 한번 찬찬히 뜯어서 어떤 사람인지 먼저 파악하도록 하자. 내 여자친구 또는 남자친구는 결코 '그냥 착한 사람'이 아니다.

욕구

편한 방법으로 목적한 것들을 얻다보면 자신의 욕구에 따라 그때그때 쉽게 행동으로 옮겨서 바로 목적을 달성하고자 한다. 물론 처음 그것을 충족시키거나 달성하기 위해 너무나도 어려운 방법 혹은 많은 노력을 하는 것보다 조금은 쉽게 다소 편하게 접근하고자 하는 마음은 있을 것이고 그렇게 해서 얻는다면 그것보다도 좋은 것은 없을 것이다. 하지만 그것에 마치 중독이라도 된 것처럼 계속해서 다른 것을 망각한 상태에서 욕구만 충족시키려고 한다면 결국에는 '관계에 있어서 가벼운 사람' 정도로밖에 보이질 않는다는 것이다.

예를 들어 연애를 하면서 그 사람의 마음을 얻고 자신을 확인받고 싶은 욕구가 있다고 가정한다면 그럴 때만 상대와의 만남을 적극적으로 한다거나 잘해주게(만났을 때만 잘해주는 타입의 경우도 같다) 되면 상대는 '나를 좋아한다'는 것은 알겠지만 꾸준히 이어지지 않는 당신의 행동에 의구심을 품게 될 것이며, 오히려 역으로 애정을 의심하게 되는 사태가 벌어질 수도 있고 당신의 애정을 의심할 것이다. 꼼수나 편법은 나의 행동에 있어서 깊이를 부여한다기보다는 그 깊이를 앗아가는 역할을 하게 되는 경우가 많으므로 이처럼 '편하기 때문에', '그나마 내가 연애할 때 자신 있게 할 수 있는 것이기 때문에'라는 이유로 소위 말해 '먹히는' 스킬만을 쓰려고 하지 말길 바란다. 오래 지속할 수 있는 연애를 하는 것이 중요하지 단순히 지금 재미를 보자고 하는 것이 아니지 않는가.

대인관계라는 관점에서

흔히 운동할 때 재미가 들거나 자신감이 붙었기에 기존에 정해진 운동량을 무시하고 조금 더 하다가 다치거나 몸에 무리가 간 사람들을 종종 볼 수 있을것이다. 그것처럼 연애에서 꼼수를 사용하게 될 경우 연애뿐만 아니라 대인관계에까지 영향을 주게 되며, 자신이 '실제로 그러하지 않지만 그러한 사람'처럼 착각해서 행동하는 경우가 많이 발생한다. 특히 연애에 서툰 사람이 자신뿐 아니라 주변사람이 봐도 괜찮다고 생각하는 상대와 연애를 시작하고 거기다가 그 사람과의 관계가 순탄하게 흘러갈 경우에는 주변에서 자신을 바라보는 시선이 조금은 달라지는 것을 자신도 느껴지기에 조금은 어깨에 힘이 들어가는 상황이 발생한다. 물론 그런 것은 어느 정도 허용 가능한 선이지만, 그것을 넘어서서 자신은 아직 크게 많은 사건사고를 경험하거나 극복한 것도 아니고, 혹은 지극히 자신의 경험에 한정된 것일 뿐인데 마치 '모든 사람들의 사연'에 자신의 경험만으로 해결 가능한 것처럼 잣대를 들이대기 시작한다면? 그때부터 생각해보아야 할 것은 자신의 경험이 스스로를 주변의 연애에 대해 가볍게 다루게 만들었다고 봐도 무방하다는 것이다. 자신은 아직 연애에 대해 수준이 그 정도까지는 아니라는 사실을 망각한 상태로 '그냥 나는 너희보다 우월하니까'라는 시각으로 잣대를 들이대게 된다는 것이다.

안타깝게도 자신이 어떤 연애를 즐기고 있든 어떤 상대를 얻게 되었든 그것은 남들의 연애와는 무관한 일이며 자신이 연애에 대해 심도 있게 연구나 공부를 하고 있는 것이 아닌 이상 어디까지나 '객관적'인 대답을 해줄 수 없는 것이 사실이다. 당신이 연애를 하고 있다고 해서 혹은 남들이 부러워한다고 해서 남들보다 우월하다는 관점은 아니며, 당신이 객관적인 관점을 가지게 되었다는 것도 아니다. 그냥 그렇다는 것뿐이다. 당신이 만일 지금 남들보다 우월하다고 생각하는 점인 그 혹은 그녀와의 연애가 끝났을 때, 그 혹은 그녀와 같은 사람과 연애를 다시금 얼마 안 되어서 자신 있게 할 수 있을까? 그렇다고 하더라도 당신은 여전히 주위 사람에게는 이전에 그렇게 자신 있게 훈수 두더니 결국 헤어진 사람 정도로밖에 비쳐지지 않을 뿐이다.

연애? 엔조이?

몇 번이나 언급했지만 결국 꼼수도 진심이라는 비중이 커야 한다. 하물며 연애를 하는 것에 있어서는 진심이라는 비중이 커야 하는 것이 당연하지 않겠는가? 하지만 지름길을 택해서 연애를 다소 손쉽게 성공했다면 남들보다는 진심의 비중이 아무래도 작아질 것이며, 굳이 진심으로 전전긍긍하지 않아도 성공할 수 있다는 것을 안 이상 그다음에는 좀 더 쉽게 '내가 마음에 들기만 하면'이라는 생각으로 바로바로 대시하게 될지도 모른다는 것이다. 처음이 어려울 뿐이지 방법을 알게 되면 그다음에도 그 방법을 쓰는 것은 크게 어렵지 않으니 쉽게 이야기하자면 "느낌 아니까"라는 것이다.

그렇기 때문에 소개팅을 하더라도 혹은 그룹에서 누군가를 만나더라도 좋아한다는 것은 있을 수 있지만, 그것이 앞서서 다룬 공략 가능한 대상 혹은 내가 접근했을 때 쉽게 공략이 될 부분들 위주로만 이루어지며, 그 사람과의 관계를 이루는 것도 내가 진중하게 정석으로 진행하거나 유지하는 것이 불가능한 만큼 최대한 즐거운 순간만을 연출하려고 노력할 것이다. 따라서 그것이 어느 정도 유지되는 100일 이전까지는 즐겁거나 재미있는데 그 이후부터는 갑자기 사람이 변한 것 같거나 혹은 이전과 같이 적극적이지 않다면 사실 그 남자 혹은 그 여자가 변했다기보다는 당신과 함께하고는 싶었으나 그 사람이 가진 연애스킬이 그 정도밖에 안 되었던 것이라고 생각하면 될 것이다.

왜냐하면 자기가 할 수 있는 것을 다해서 당신과 함께하려고 노력했고 할 만큼 다했는데 그 이상은 어떻게 해야 할지 모르는 상태이며 계속해서 당신의 눈치를 보고 있는 경우일 확률이 높으니 말이다. 당신을 싫어하거나 매력이 떨어져서 혹은 마음이 식어서라기보다는 상대도 능숙하지 않기 때문에 그저 눈치를 보는 것이다. 앞서 말한 것처럼 연애를 시작하고 초반에 유지하는 부분에 대해 편법 혹은 꼼수를 쓰면서 여태까지 편하게 연애를 해왔으니 시간이 지나 관계가 깊어지는 연애에 대해서는 힘들어하거나 어색해할 가능성이 아무래도 클 수밖에 없다.

연애를 쉽게 생각한다고 해서 그 연애를 처음부터 엔조이를 목적으로 만날 생각을 하는 것은 아니지만 그 연애가 다소 진지하다거나 자기가 생각했던 것처럼 달달함이 크지 않다면 자신은 밝은 쪽으로 분위기를 몰고 가서 그럴 수 있는 상황에서만 상대를 대하려고 할 가능성이 클 것이다. 즉 내가 원하고 우리가 좋을 때만 즐기려 하는 생각이 크다는 것이다. 주변에 위와 같은 사람이 있다면 그의 연애방식에 대해 한번 들어보자. 그리고 그 혹은 그녀를 무조건 고치려 하기보다는 왜 그런 연애방식을 선호하는지를 물어보고 그것에 대해 느끼는 바를 들려주자. 결국 그들이 그렇게 행동하는 것은 내가 상대와 잘 지낼 수 있는, 쉽게 말해서 먹히는 연애 방법을 쓴다고 생각하기 때문이다. 만일 자신이 먹히지 않는다고 생각한다면 더 이상 가볍게 행동할 이유는 없을 것이다.

편안함

내 친구 녀석은 항상 자신의 귀찮음을 변명할 때 "인간은 예부터 편안함을 추구해왔다."라고 말하며 귀차니즘을 한껏 과시(?)하곤 하는데, 이 말을 꼼수를 쓰는 사람들에게 적용시켜보면 정말 마치 그 편함을 추구하기 때문에 한없이 꼼수를 사용하는 것이 아닌가 싶을 정도로 관계에 있어서 변명, 편법 등을 찾아다니는 것이 아닐까 싶은 생각이 들었다.

연애를 하다보면 결과적으로 사람이기 때문에 다소 불편하고 귀찮고 짜증나는 상황이 발생하는 경우가 있다. 언제나 상대를 향한 배려심이나 이해심이 있는 것이 아닌 것처럼 나 역시 이해나 배려를 받고 싶으며, '연인'이라는 테두리 안에서 연애를 하고 있으면 '당연'하게 생각해야 하거나 행동해야 하는 것들을 벗어던지고 싶을 때가 있을 것이다. 따라서 '~을 해서 내 몸이 조금 더 편해진다면' '~을 해서 내 정신이 더 편해진다면' 기꺼이 그것을 할 것이며, 아마도 그것을 위해서라면 당신은 조금 귀찮더라도 인터넷 블로그를 뒤적일 것이며 연애 지침서를 구매해서 읽을 의향이 있을 것이다. 내가 지금 이렇게 자신 있게 말하는 이유는? 생각해보라. 그렇지 않고서야 그 수많은 밀당에 관한 이론이나 연애 심리 이론이 왜 나왔겠는가? 결과적으로 연애에 있어서 우위를 점하고 내가 편해지기 위해서가 아니겠는가? 그것을 위해서는 조금의 투자는 감수하겠다고 생각하는 사람들은 충분히 많다. 물론 그것조차 아까워한다면 그냥 불편하게 사는 것이 정답이라고 볼 수밖에 없다.

당신이 만일 꼼수를 써서 편함을 끊임없이 추구한다면? 우선 생각해두어야 할 것은 다음과 같다.

- 내가 편한 만큼 상대도 편안한가?
- 편함의 뒤에 대가는 얼마만큼 지불하였는가?
- 내가 편한 것이 혹여 상대가 생각했을 때 애정의 부족함으로 이어지는 단서가 되지는 않았는가?
- 내가 더 사랑하기 위해, 관계를 좋게 유지하기 위해 편함을 추구하는 것인가? 아니면 그냥 관계를 이어가기 위해, 정말 말 그대로 몸이 편하기 위해 편함을 추구하는 것인가?

당신이 사랑한다고 속삭이거나 좋아한다고 고백한 그 사람에게 당신이 정작 행동으로 실천하였을 때 그것이 그저 영혼 없이 편하고 쉽게 가기 위해 혹은 관계를 쉽게 유지하기 위해서이기만 하다면 당신 자신을 위해서라도 그 관계는 일찍 정리하는 것이 오히려 현명한 선택일 것이다. 계속 언급하는 것이지만 연애는 혼자 하는 것이 아니며, 당신이 편하다면 당신은 언제든 그 편함에 대한 대가를 항상 상대에게 지불할 수 있어야 하며, 당신이 편하기 위해서는 상대도 둘 사이의 관계에서 먼저 편함을 만끽해본 적이 있어야 한다는 것이다. 마치 배려를 어느 한쪽만 해줘서는 안 되는 것처럼 둘 사이의 관계에서 내가 어떤 편법을 써서 나만 그 관계에서 편하다면, 상대는 나를 만날 때마다 항상 무언가 노력을 해야 한다면 결국 그 관계는 오래가지 못할 것이다. 또한 나는 편하기 때문에 사랑을 확인받을 필요도 없을 정도로 마음이 편하지만, 한쪽은 나를 위해 끊임없이 노력하다 보면 어느 순간 "그는 나를 좋아하는가?" 혹은 "그가 나에게 ~하게 행동하는 것은 나를 좋아하지 않기 때문에 그러는 것이 아닐까?"라는 것으로 이어질 수도 있다.

'편함의 유지'='사랑의 유지'는 아니라는 것이다. 당신이 그 사람과의 관계에서 무엇 하나를 했기 때문에 당신은 몸이나 마음이 편할 수도 있지만 상대는 그렇지 않을 수 있으며, 당신은 무엇을 했기 때문에 마음이 편하고 상대를 여전히 좋아할 수 있지만 상대는 그렇지 않을 수 있다는 것을 알아야 한다. 그 단적인 예로 상대에게 한 번의 좋은 이벤트를 해서 "나는 좋은 애인이야"라는 것을 보여주어서 당신의 마음이 편하고 뿌듯할지 모르지만, 상대에게 좋으면서도 한편으로는 되돌려주어야 하는 마음이 있다면 그 마음은 부담일지도 모른다는 것이다. 대부분 "잘해줬는데도 차였어." 하고 말하는 사람들의 경우를 보면 결국 상대의 이런 마음의 짐 때문에 차인 경우가 많으며, 그것을 끝까지 파악하지 못한 사람들의 경우를 보면 정말 서툴거나 자신이 서툰 부분 혹은 연애를 그냥 마냥 그렇게 해주고 자신의 부족한 부분을 채워서 편하게 혹은 과시하면서 하고 싶은 생각에 상대의 박자를 확인도 하지 않고 좋은 선물 혹은 멋진 이벤트, 극진한 대접을 하다가 차이고 끝내는 이용당했다고 생각하는 경우가 많다. 하지만 그건 결국 자신의 연애를 편하게 하려는 욕심 탓에 발생한 일이며, 상대가 정말 그렇게 느끼는지 아닌지 정말 상대가 그걸로 인해 애정을 어떻게 느끼는지 확인하지 않은 탓에 벌어진 것임에도 전혀 그렇게 생각하지 못한다는 것은 참으로 안타까운 일이 아닐 수 없다.

그리고 연애에 관련된 이야기 중에서 '연애를 버티는 순간 그 연애는 끝이다'라고 이야기하는 것처럼 자신이 만일 연애를 더 잘하고 상대를 더 사랑하기 위해 꼼수를 써서 자신의 몸과 마음이 다 편해진 상태에서 둘의 관계를 더 깊게 만들려고 하는 것이라면 상관이 없다. 하지만 만일 그냥 그런 관계에서 더 자극을 느낄 수 없게 된 지 오래고, 그렇다고 헤어지자니 힘들거나 헤어지고 나면 허전할 것 같아서 유지하려고 하는 차원에서 그냥 내 몸이 힘들기는 싫어서 버티기 위해 하는 행동이라면 상대를 더 오래 잡아두는 것보다 차라리 그냥 헤어지는 것이 더 나은 선택일지 모른다. 이 경우에는 그 상대와 다른 시도를 한다는 것조차 이미 귀찮거나 '굳이 그렇게까지 해야 하나?'라는 생각에 도달한 경우가 많은데, 그렇기 때문이라도 더 엉망이 되기 전에 관계를 회복시키는 쪽이 양호하다는 것이다. 연애를 하는 것에 있어서 편안함을 추구하고 싶은가? 그렇다면 당신이 지금 하는 연애에 대해 다시 한 번 점검해보라. 왜 편하고 싶은지, 그리고 편하기 위해 상대도 함께 당신을 편하게 대하여도 되는지, 나는 귀찮지 않기 위해 몇 시간이고 몇 날 며칠이고 상대를 방치해도 되지만 상대는 그러면 안 된다고 한다면? 그건 욕심이다. 내 몸이 편하고 싶다면?

혹은 내가 귀찮다면 상대도 귀찮은 것이다. 그것을 '보고 싶다' 혹은 '좋아한다'는 마음으로 즐기면서 하는 것이 바로 연애이다. 쉽게 가려고 한다면? 그렇게 하려는 이유가 뭔지 생각해보라.

5

극단적

꼼수는 도구일 뿐

앞에서도 언급하였지만 꼼수는 어디까지나 도구여야 한다. 하지만 연애가 서툰 사람들은 그런 것을 생각하기보다는 상대에게 내가 무언가를 했을 때 그것이 성공하느냐 아니냐, 먹히느냐 안 먹히느냐만 생각하기 때문에 꼼수이든 정석이든 그 외의 무엇이 되었든 속된 말로 약발 받는 것이라면 무엇이든 그냥 다 마구잡이로 쓰는 경향이 있다. 마음이 급하기도 급하거니와 간절한 만큼 일단 확률에 집착하는 경향이 강하기 때문이다. 그래서 그 확률이라는 것을 일단 접어두고 객관적으로 상황을 판단해서 '그럴듯한 상황', 쉽게 생각하면 '확률을 높일 수 있는' 상황을 만들기보다는 그냥 '확률이 높은 행동', '확률이 높은 스킬'을 그냥 사용해서 한방을 노리고자 하는 것이 간절하다. 왜냐하면 확률을 높일 수 있는 상황을 만든다는 자체를 이해할 정도로 마음이 진정되는 것도 아니며 그것을 객관적으로 생각할 수 없을 정도로 상황을 주관적으로만 해석한다는 것이다. 이 방법 저 방법 쓰다 보면 가장 잘 먹히는 것이 꼼수(말재간이나 각종 신변잡기 혹은 기타)를 통한 접근법인데, 결국 그것이 잘 먹힌다는 것을 확인하는 순간 '그 방법에 올인'하게 되는 순진한 사태가 발생한다. 단적인 예로 처음 그녀에게 공주 같은 대접을 해줘서 그녀의 마음을 사로잡는 것에 성공했다고 가정해도 언제까지나 그렇게 해줄 수는 없는 노릇인데 "그 방법으로 그녀의 마음을 얻었으니까, 그녀가 기뻐하니까"라는 생각에 한도 끝도 없이 계속해서 하게 되고 그러다 보면 한계에 다다르게 될 무렵에는 이별을 택하더라도 결국 그것은 상대의 문제가 아니라 "이전에는 문제없었고 즐기면서 했던 내가 사랑이 식어서, 사랑이 변해서"라는 것으로 사람들 대다수가 결론 내려버리는 경우가 발생할지도 모른다. 이런 예와 같이 꼼수를 도구라고 생각하지 못하고 '나의 주요 연애 스킬' 정도로 생각해서 그저 '상대에게 통하니까' 혹은 '먹히니까'라는 생각에 남발했다가는 결국 나중에 가서는 그만하고 싶어도 그만할 수 없는 상황까지 몰아넣고 말 것이다.

자신의 가치에 대한 생각

연애 초심자들이 정석적으로 단계를 하나하나 밟아나가는 동안 가장 걱정되는 것은 '상대가 나를 어떻게 볼 것인가?' 하는 궁극적인 '나의 모습에 대한 평가'이다. 그렇기 때문에 꼼수를 쓸 때 가급적이면 나의 단점이 장점으로 바뀌지는 못해도 상대가 그것을 나쁘게 보지 않도록 만든다거나, 아예 안 보도록 시선을 돌리는 방법이 있다면 그것을 선호하는 방향으로 갈 것이다. 결국 자신의 가치에 대해 한없이 낮게 생각하는 경우이며, 이것은 대부분 소개팅이나 이성을 만나는 자리에서 반드시 '티'가 나도록 행동하며 결과를 '좋지 않게' 이끌어내게 만드는 역할을 한다.

누구나 자신을 깎아내리면서 하는 개그인 '자폭개그'를 알 것이다. 그것과 '자학'은 매우 다르다는 것도 아마 알 것이다. 평상시에 이성에게 그나마 허물없이 접근할 수 있는 방법인 자신을 깎아내리는 방법 혹은 자신을 낮추는 방법으로 접근하는 사람들이라면 이 두 가지를 실제로 대면했을 때 구별하는 것이 매우 힘들며, '일단 상대를 웃길 수 있다면' 혹은 '말이라도 걸 수 있다면' 하는 심정에서 이야기하는 것이기 때문에 뒤에 어떻게 이어질지에 대해서는 전혀 생각하지 않는 경향이 있다. 그렇기 때문에 결과는 불 보듯 뻔하게 자신이 분위기를 띄우는 역할을 할 수 있을지는 몰라도 누군가의 선택을 받거나 선택하는 것은 힘들 가능성이 크며, 결국 자존감에 상처만 잔뜩 입고 만다는 것이다. 앞서서 '자신이 좋아할 수 있는 사람'='자신을 좋아해주는 사람'을 크게 생각도 안 해보고 선택하여 만나려고 하는 것도 어찌 보면 이렇게 낮아진 자존감을 그 상대로 인해 회복하고자 하기 때문이라고 보면 될 것이다.

아무튼 처음부터 "자신은 얼마나 사랑받을 수 있는가?" "사랑받는 것이 당연한가?"에 대한 생각이 올바르게 형성되어 있지 않다 보니 접근할 당시에 '바른 배려'보다는 '희생적인 배려'를 하게 되는 것이며

'눈치 보는 배려'를 하게 되는 경우가 많다. 자신이 생각했을 때 상대가 그것을 원하는지 아닌지 물어본 적도 없는데, 그냥 통상적으로 '그런 위치의 사람이니까' 혹은 '일을 하는 사람이니까', '~한 사람이니까'라는 이유에서 혼자만의 생각으로 배려하고 판단하고 행동하고 싶었으나 못한 경우가 많다면 당신은 '내가 사랑받는 것이 당연한 것'도 그만큼 '남에게 주는 사랑'도 제대로 못하고 있다고 판단하면 된다. 왜냐하면 당신은 언제나 상대의 마음에 들어야 한다. 혹은 기분 좋게 해줘야 한다는 생각 때문에 '눈치 보는 사랑', '위로 올려다보는 사랑'을 한다는 것인데 그래서야 상대가 당신을 바라본다 해도 동등한 입장에서 애정에 빠져서 기대기보다는 어딘가 그냥 측은한 눈빛을 보내는 것이 전부가 아닐까? 그러면서 어쩌면 그 상대도 '누군가에게 사랑을 받는 것이 과분하다.'고 생각하고 있을지 모르는데, 당신 혼자만의 자신을 낮게 생각하는 가치로 인하여 '떠받드는 대접'을 한다면 결국에는 '부담'으로 이어질 수도 있고 말이다. 연애를 하고 싶다면 상대만큼 나의 가치를 생각하라. 너무 눈치보고 떠받드는 사람은 매력적이지 않다. 단점이 거슬리더라도 결국 나에게 빠지게 하면 모두 해결될 것이다.

지나친 합리화

자신이 정석적인 방법으로 누군가의 마음을 얻지 못했다는 사실에 대해 부끄러워하는 사람의 경우에는 언젠가 누군가에게 그 혹은 그녀와의 연애 일화를 이야기할 때 '그때 그럴 수밖에 없었던 이유'를 항상 덧붙이곤 한다. 이런 행동은 자신이 그 혹은 그녀에게 다가서기 위해 수단과 방법을 가리지 않은 행위에 대해 자신 있게 혹은 떳떳하게 생각하지 못해서 나타나는 행동들이라고 보면 된다. 하지만 이런 행동들에 대해 '지나치게' 의식하거나 합리화하게 될 경우에는 나의 짝이 그 자리에 있으면 있는 대로, 없으면 없는 대로 안 좋게 보일 수 있다. 왜냐하면 "내가 ~해서 그 사람을 좋아한다고 사귀자고 한 거야."라고 그냥 떳떳하게 말할 수 있는 것이 더 그 사람에 대한 좋아하는 마음을 있는 그대로 느끼게 해주는 것이며, "아니, 내가 그때 왜 그렇게 할 수밖에 없었냐 하면 ~하고 ~해서 좋아하는 거에 대한 행동을 ~하게 할 수밖에 없었어."라고 이야기하면 결국 그것 이상으로는 노력을 해줄 수 없었던 혹은 할 용기도 없었던 어떤 감정이었든 딱 그 정도 수준밖에 안 되는 그런 사람이 되어버린다는 것이다.

그렇기 때문에 꼼수를 쓰든 편법을 쓰든 혹은 상대를 속여서라도 나를 보게 만들었든 거기에 대해 "타인이 나를 어떻게 평가할 것인가?"라는 것은 중요하지 않다. 결론은 내가 좋아하는 그 사람이 나를 봐주었다는 것이고, 나의 목적인 그 혹은 그녀와 함께 하는 것을 달성했으니 그걸로 충분하지 않은가? 수단과 방법을 가리지 않았다는 것은 부끄러워할 일이 아니라 오히려 자랑스러워해야 할 일이다. 왜냐하면 꼼수라도 써서 상대를 얻고자 하는 노력이 없었다면 혹은 그 정도 용기도 못 냈다면 좋아하는 상대를 놓고 어떻게 함께하겠는지에 대해 부끄러워할 일도 없었고 누군가에게 해명할 일도 없었으며, 어떻게 좋아한다고 말하게 되었는지에 대해 이야기할 일은 결코 없었을 테니 말이다. 극단적으로 "나는 그때 ~밖에 없었어." "나는 ~도 할 수 있는 사람이야."라고 어필해봐야 무엇을 얻겠는가? 결국 할 수 있는데 못한 사람밖에 더 되겠는가? 그러니 그냥 내가 한 것을 더 자랑스럽게 여길 수 있는 사람이 되도록 하자.

다음?

변화나 진화의 상실

앞서서 꼼수를 사용하게 되면 편함을 갖게 되고 그 편함이 가져올 위험성에 대해 계속해서 강조했다. 이 부분도 앞선 부분의 반복이지만, 좀 더 큰 영역에서 한번 써볼까 한다. 흔히 연애고수라고 불리는 사람들은 그들이 알고 있는 연애 스킬이 많을 것이라고 생각하지만 사실 크게 많지 않다. 정말 엄청나게 많이 알고 있는 사람의 경우는 실질적으로 드물며 실질적인 연애고수들의 경우에는 상대에 따라, 그 사람과의 시간에 따라, 그 사람의 느낌에 따라, 또 함께하는 장소에 따라 등 계속해서 자신이 알고 있는 최적의 스킬들 몇 가지를 계속해서 돌려가면서 적절하게 배치해서 상대에게 계속해서 질리지 않는 색다른 느낌을 선사한다는 것에 있다. 확실하게 어딜 가든 혹은 며칠이 지나든 밋밋하게 똑같은 사람보다는 어딜 가든 그 사람의 색다른 점으로 인하여 새로운 모습을 보며 감탄할 수 있거나 시간이 지나면서 내가 그 사람에 대해 알면 알수록 깊이 있게 빠져들면서 더욱 더 알고 싶어지도록 자신에 대한 다른 면들을 보여주는 것이 훨씬 질리지 않고 관계를 오래 유지하는 비결이라고 할 수 있을 것이다. 하지만 꼼수에 의존하다보면 그런 깊은 면, 색다른 면보다는 '얇고 즉흥적인 면'들만 보여줄 수밖에 없는 경우가 대부분이다. 앞서서도 말했지만 결국 어느 시기가 되면 '시간이 지나서 오래된 커플의 진지함'이라는 것은 이어가기가 적합하지 않으니 그 시기쯤 되면 그냥 상대방의 눈치를 보면서 기분 좋을 만한 행동이나 만남을 해준다거나 계속해서 이전의 이벤트 혹은 만남 등을 반복하곤 한다. 이것은 꼼수에 너무나도 의존한 부작용인 것이고 결국 싸움이 나게 되어도 "난 최선을 다했다."는 사실만을 앞세우고 상대가 정말 무엇을 원하는지에 대해서는 단 한 번도 귀를 기울이지 않는다는 것이 바로 둘 사이를 떠나서 자신이 다음에 또다시 연애를 해도 문제가 반복되는 것의 이유라고 봐도 무방할 것이다.

한술 더 떠서 연애를 잘하기 위해 변화나 자신이 한층 더 진화된 모습을 보여야 하는 것에 있어서도 '쉬운 연애'라는 것을 생각할 뿐 결코 '연애가 잘못될 경우' 혹은 '안 좋은 상황에 처할 경우'라는 것은 생각하지 않는다. 연애를 쉽게 한다는 것은 항상 그 '쉽게' 하고 싶은 것을 이루고 난 다음 상황도 생각해야 한다는 것이다. 당신이 연애에서 쉽게 얻고자 하는 것이 그 연애의 끝은 아니지 않겠는가? 그렇다면 그다음의 상황도 반드시 생각해봐야 한다는 것이다. 하지만 언제까지 계속해서 꼼수라든가 편법을 이용해서 관계를 유지할 수는 없는 노릇이다. 결국에는 당신도 자신이 부담스러워하고 피했으면 하는 어려운 관계를 형성해서 유지하는 법을 알아야 하며, '꼼수'로 '쉽게' 연애하는 법이 아니라 당신이 부러워하는 연애고수들과 같이 그때그때 잘 대처할 수 있는 사람이 되어야 한다. 연애는 발전하는 것이다. 언제까지나 입문을 하기 위해 사용한 꼼수로 레벨업도 하지 못한 상태에서 '그냥 좋은 게 좋은 거지'라고 하면서 지낼 것인가? 언젠가 친구든 자신이 누군가에게 훈계를 하게 될 사람이든 그들에게 정말 무슨 이야기라도 제대로 해주려면 지금 무조건 쉽게 가는 길만 생각하려 하지 말길 바란다.

안일하게? 편안하게?

자신이 시도해서 상대를 얻은 것 혹은 한두 가지의 행동을 해서 더욱더 점수를 많이 따거나 얻고자 하는 것을 얻고 나면 그다음이라는 것이 있어야 한다. 하지만 대체적으로 '얻었다'는 과정까지 연애 스킬을 집중하고 나머지는 '자기 자신'으로 돌아가 버리는 경우가 대부분이고, 그것이 아니라면 앞서서 설명한 것처럼 '먹히는 행동'을 무한 반복해서 언제까지나 유지할 수 없는 그런 행동을 끊임없이 반복하는 두 가지 경우의 수로 나누어진다. 그렇게 안일하게 행동할 수 있는 이유는 앞서서 너무나도 긴장하면서 누군가에게 시도하고 도전했기 때문에 성취하고 난 이후에는 긴장감이 다 풀어지고 나서 안도를 하기 때문에 '편안한 연애'를 추구하려는 마음이 강하기 때문이다. 그 사람은 나의 연인이기 때문에 내가 부족해도 이해할 수 있을 것이라고 생각하며 둘 사이는 이제 연인이기 때문에 그런 부족한 점도 어느 정도 알아서 좋게좋게 넘어갈 수 있을 거라고 생각한다. 왜냐? 처음에는 안 좋게 보여서 받아들여지지 않을까 봐 문제였지만 이제는 그 점이 다소 작게 보이며 '설마 그것 때문에 이별하겠는가?' 하는 생각이 자리 잡고 있으니 큰 문제로 생각되지 않는 경우가 많다는 것이다.

그렇기 때문에 그는 안일하게 둘 사이를 걱정하지 않는 것이 아니라 편하게 연애를 하고자 하는 것이라고 생각하는 경우가 많다. 단적인 예로 내가 다뤘던 사례 중 어떤 남성의 경우에는 자신과 사귀고 있는 여성과 왜 다투었는지 이유를 몰라서 찾아온 적이 있었는데 이야기의 전체 내용을 들어보면 결국에는 남자가 여자에게 말이 너무 부족해서 여자가 답답해서 싸우게 된 것이었다. 하지만 남자의 입장에서는 '연인이니까 이해하겠지.'라는 식으로 일관되게 만날 때마다 그냥 액면 그대로 보이는 이야기만 늘어놓았고, 결국 그런 그의 모습에 애정을 확인받고자 한 그녀가 닦달을 하였으나 그것조차도 나름 '표현'을 하였다고 생각하는 그는 이해하지 못해서 그녀와 다투게 된 것이다. 즉 혼자서 편하게 생각하여 '우리는 연인이니까 이제는 사귀기 전처럼 내가 무언가 하려고 하지 않아도 되겠지.'라고 생각한다면 매우 큰 오산이라는 것이다. 그는 처음에는 그녀에게 고백하기 위해 이것저것 하면서 여자들이 좋아하는 온갖 방법을 시도하여 그녀와 사귀게 되었다고 했는데, "왜 그런 노력을 사귀고 나서는 더 하면서 애정을 보여주고 확인시켜주려 하지 않느냐?"는 질문에 "우리는 연인이니까 말하지 않아도 알았을 것이다."라고 답변했다.

'연인'이 되었다고 뭔가 더 특별해지는 것은 없다. 그냥 둘 사이에 말 그대로 '연인'이라는 테두리가 만들어져 공식적으로 관계가 형성된 것뿐이지 뭔가 소홀해도 될 혜택이나 권리라는 것이 생기지는 않았다는 것이다. 연애는 사귀기 이전의 노력의 끝이 아니라 연장일 뿐이다. 그것을 연장하기 위해 혹은 좀 더 좋은 환경에서 노력하기 위해 '연인'이라는 테두리가 덧씌워진 것뿐이다. 연애가 노력의 끝이라고 생각한다면 오산이라는 것을 알길 바란다.

이별 후愛

이별 후 다음의 만남 혹은 인연을 생각하기에 앞서서 그 사람에 대한 미련이 남은 경우에 그동안 연애를 편하게만 하려고 했던 사람들의 경우에는 재회조차 쉽게 접근하려는 경향이 고스란히 드러나 보인다. 주변에서 혹은 당신의 재회 중에 이런 경험이 있는 경우가 있을 것이다. "내가 다 잘못했어. 내가 고칠게." "내가 잘못했으니까 우리 다시 사귀면 안 될까? 내가 한 말은 다 진심이 아니었어." 결국 이별이 어떤 형태였든 재회를 하기 위해 꺼내는 말이 이런 식이라면 사실 그 이야기를 꺼내는 사람의 마음이 어떻든 간에 재회를 위해 많은 생각을 했다기보다는 혹은 어떻게 문제를 해결하고 되돌려야 할지 '둘 사이'에 대해 진지하게 생각해봤다기보다는 그냥 감정에 휘둘려서 호소한다고밖에 볼 수 없을 것이다. 냉정하고 어떻게 보면 그 당사자들의 구구절절한 마음을 어찌 안다고 그런 식으로 평가절하 하느냐 할 수 있겠지만 "다 잘못했다."고 그렇게 쉽게 인정할 정도로 이별이 쉽지는 않았을 것이다. 물론 이별을 당한 사람의 입장이라면 그냥 단순히 붙잡기 위해 충동적으로 나온 말일 수도 있을 것이나 그렇게 "잘못했다."고 "무엇을 어떻게 왜?"조차 생각해본 적도 없는 그런 거짓 인정이 과연 씨알이나 먹힐지 의문이다. 자신이 차였든 차버렸든 간에 상대에게 전달되지 않는 진심은 결국 재회에 있어서 무용지물이라는 것이다. 결국 그런 재회에서의 감정적인 행동은 그 혹은 그녀와의 연애 당시를 살펴봐도 알 수 있는데 '왜 이별을 마주할 수밖에 없었는가?'로까지도 이어진다. 계속 언급하는 거지만 언제까지나 반복할 수 없는 꼼수를 반복하게 되면 결국 그것은 큰 문제, 즉 이별로도 이어질 수 있다는 것이고 그것을 마주했다는 것이다. 애석하게도 이별을 쉽게 되돌린 경우는 거의 없을 것인 만큼 대부분의 경우에는 패닉 상태가 되고 그냥 생각나는 대로 매달리게 된다는 것이다. 꼼수도 무엇도 아닌 그냥 감정에 호소하는 것이다.

하지만 더러 "그냥 무엇을 하니 ~만에는 다시 연락이 되고 다시 잘 지내게 되더라."라고 하면서 나름 이별을 '큰 싸움' 정도로 빗대어 생각하고 받아들이는 사람이 있는데 그렇게 될 경우에는 그것이 반복되다가 한 번쯤 패턴이 어긋날 경우, 즉 상대가 그런 상태를 도저히 견딜 수 없어서 정말로 이별을 선택한 경우에는 난생처음 이별에서

'정석적인 방법'이라도 혹은 '그 외의 무엇이라도 좋으니 상대를 되찾을 수만 있다면'과 같은 지독한 미련의 늪에 빠진다는 것이다. 결국 자신이 못 다하고 못 이룬 것에 대한 집착과도 같으며 이것은 '다음'을 생각해봤을 때 어떤 형태로라도 마무리 짓지 못하면 다음 연애에 반드시 영향을 주어 다음 연애까지 어느 정도는 망치는 경우가 발생할 수 있다는 것이다.

따라서 재회에서 나름 쉽게 그 사람을 '돌이킬 묘안'을 찾았다고 해서 그것을 믿을 구석쯤으로 생각하고 상대와의 관계에 있어서 그 어떤 상태가 되건 신경을 쓰지 않는다면? 정말 다음을 생각해야 하는 사태가 발생할 수밖에 없다는 것이다. 이별 후 당신이 미련을 가지고 있는 사람이라면 그 순간만큼은 감정적으로 혹은 상대의 감정을 이용하여 쉽게 자신이 급한 만큼 행동하려고 하지 말자.

인정 불능 상태

방법으로서?

꼼수도 결국 하나의 '방법'일 뿐이다. 그렇다면 예외 혹은 실패가 있을 수 있는데, 만일 당신이 꼼수를 하나의 '최후의 수단' 혹은 '그나마 할 수 있는 유일한 방법' 정도로 생각했다면 그 이후에는 사실상 아무것도 할 수 없는 상태가 되어버린다. 앞서서도 말했지만 이는 꼼수를 도구가 아니라 자신의 유일한 전략으로 생각해서 발생하는 것인데, 더욱 큰 문제는 실패한 이후에 자신이 더 이상 무언가를 할 수 없다는 것에 대해 인정하지 못하는 상태가 되어버린다면 그때부터 상황은 더욱더 최악으로 흐를 수밖에 없다는 것이다.

꼼수를 도구로서 사용할 경우에는 항상 '경우의 수'라는 것을 염두에 둔 움직임이 이어지게 된다. 하지만 '유일한 한방'으로 생각하고 움직임이 이어지게 되는 경우에는 정말 앞뒤 가리지 않고 그 한번의 '행동'이나 '움직임'에만 많은 것을 걸게 되며 그것이 실패하게 될 경우 혹은 해보지도 못할 경우에는 '변수'라는 것을 생각해본 적이 없는 만큼 그만큼의 정신적인 타격을 입는다는 것이다. 왜냐하면 그 한방이 먹히고 나서의 상황을 생각해본 적은 있을지라도 그것이 안 먹힌다는 상황은 그냥 막연하게만 생각했을 뿐이지 '정말 그렇게 될 것인가?'에 대해서는 마음의 준비를 해본 적이 없기 때문이다. 그것을 준비한다는 것은 결국 '그 사람에게 아무것도 하지 못하게 되었을 때는 어떻게 할 것인가?'라는 것을 준비한다는 것과 마찬가지이기 때문에 처음부터 부정적인 생각은 하지 않으려고 하는 것이라고 보면 될 것이다.

여기에서 재미있는 사실은 흔히 고백하기 전에 혹은 누군가에게 호감을 말하기 전에는 '거절당할까 봐'라는 불안감에 이것저것 준비한다. 하지만 막상 무언가를 한다는 것에 있어서는 '아무것도 하지 못하게 되었을 때'라는 것은 앞서서 '거절당할까 봐' 만큼 쉽게 생각하지 않는다는 것이다. 왜냐하면 거절당한 것은 상대가 날 싫어한다는 것인데 무엇을 할 수 있겠냐는 것이 첫 번째 생각이며, 두 번째로는 상대가 날 밀어냈는데 애써 더 매달리듯이 그러는 것은 나름 자존심도 상한다는 것이다.

그렇기 때문에 막상 '최악의 상황' 혹은 '부정적인 상황'을 떠올린다는 것은 생각만큼 쉽지 않으며 생각한다 해도 막막해질 뿐 당사자 입장에서는 고백이나 친밀감을 쌓아올릴 생각만으로도 이미 벅찬데 그 외의 최악의 상황에 대비한다는 생각에는 어쩔 도리가 없다는 것이다. 하지만 그렇다고 해서 그런 상황이 안 일어나고 면제가 되는 것은 아니며 내가 거절당했다고 해서 마음 아플 테니 상대가 그것을 알아주는 것도 아니다. 따라서 마음 아프지 않기 위해서라도 고백 전 혹은 그 사람과의 관계를 쌓아올리기 전에 최악의 경우와 부정적인 생각을 해서 그 상황들에 대한 해답을 미리 마련해두어야 한다는 것이다.

내가 어떤 형태로든 마음을 '전달'했는데 상대가 거절한다고 해서 그 사람과 나의 관계가 '종결'되는 것은 아니지 않는가? 사실 그 순간에 거절하는 사람도 거절하는 사람 나름대로의 불편한 감정이 있을 것인데 그것을 잘 살펴주고 둘 사이를 유지하는 것이 중요하며 '그를 이성으로서 얻지 못했다'고 해서 마냥 슬픈 드라마나 영화 속 주인공처럼 행동할 필요는 없다는 것이다. 당신이 인정할 수만 있다면 언제든 방법은 생겨날 수 있다. 하지만 항상 마지막이라고만 생각하고 극단적이게 행동한다면 계속해서 최악의 상황만 생겨날 뿐이다. 그런 적 있지 않는가? 후회될 것을 알면서도 하지 않으면 불안해서 못 견뎌서 질러놓고는 후회하는 행동들. 바로 그것이 인정하지 못해서 발생하는 일들인 것이다. 당신이 계속해서 '먹히는 방법'을 생각하고 해봐야 타이밍과 감정이 맞아떨어지지 않으면 그것은 이미 당신이 알고 있는 '먹히는 방법' 혹은 '통하는 방법'이 아니라는 것이다. 만일 자신의 연애를 돌이켜봤을 때 혹은 지금의 연애방식이 그렇다면 하루빨리 그러지 않으려고 노력하는 것이 좋다. 무조건 방법을 들이댄다고 상황이 좋아지는 것은 아니다. 그저 당신의 마음이 '무언가 했다'는

것으로 편해질 뿐이며 '미리 대비해둘걸'이라는 후회에 대한 보상일
뿐이다.

감정적으로

앞서서 다룬 '방법'이라는 부분에서 실패를 받아들이지 못하고 '더
무언가를 하게 만드는' 근본적인 이유는 결국 '감정적'으로 인정되지
못했기 때문이라는 것이 가장 크다. 당신도 겪어봤을지 모르는 미련
이라는 것은 그렇게 쉽게 정리되는 감정이 아닌 만큼 그 미련에 따라
방법을 더욱더 집착하게 만드는 것이라고 생각하면 될 것이다.

'무언가를 해야만 할 것 같은' 그런 감정은 흔히 이별이나 연애 시
작에 있어서 사람들이 상대가 전혀 여지를 주지 않은 상황에서는 발
생하지 않는다. 당신이 미련을 가지고 납득을 하지 못하고 있는 상태
라고 하고 그것에 관해 생각해보자. 만일 그 혹은 그녀가 정말 가슴
에 대못을 박듯이 죽어도 다시는 절대로 이루어지지 못하는 이유 혹
은 감정들에 대해 열거하고 갔더라도 당신이 한동안은 미련을 가지
겠지만, 결국에는 '그 혹은 그녀가 나를 싫어하고 할 수 있는 것이 없
기 때문에'라는 형식으로 납득을 할 것이다. 하지만 '나와 헤어졌지만
~하게 헤어졌으니까' 혹은 '그녀가 거절은 했지만 우리는 ~한 사이니
까'라는 식으로 상대방이 자신으로 하여금 '파고들 틈', 즉 '여지'를 주
었다면(그것이 그 사람이 직접 그 정도라고 허락한 것이든 아니면 자

의로 해석한 것이든) 그것에 언제까지나 매달려서 그것만을 바라보면서 계속해서 희망과 미련을 반복해서 가지면서 자신이 그 혹은 그녀와 잘되고 싶은 마음에 '무엇이라도 해야만 할 것 같은' 마음이 행동으로 옮겨진다는 것이다. 그것에 있어서 자신은 그 혹은 그녀의 입장을 생각한 행동이라고 생각하지만, 전혀 반영되지 않은 행동이며 그것은 오롯이 자신의 마음을 안정시키기 위한 행동일 뿐이라는 것을 전혀 모른다는 것이 가장 큰 비극이다. 왜냐하면 그렇게라도 해야 마음이 놓이고 그렇게라도 해서 상대방의 반응을 봐야 지금의 상황이 조금이라도 납득되기 때문이다. 그렇기 때문에 만일 조금이라도 당신이 어떤 방법을 쓰고는 그 방법이 통하지 않아서 그다음 또 그다음을 계속해서 써야만 할 것 같은 생각이 든다면 우선적으로 생각해보아야 할 것은 당신이 생각하고 이해한다는 그 사람을 정말 당신의 생각만큼 이해하고 있는지 다시금 살펴볼 필요가 있다. 그 혹은 그녀는 부담을 말하는데 당신은 전혀 모르거나 모르는 척하며 자신의 마음을 달래기 위해 행동하고 있는 것은 아닌지 말이다.

Part 5

꼼수 연애를 말하다

연애를 시작하려고 할 때

기억해야 할 것

당신이 연애를 시작하려고 한다면? 그 시작에 있어서 당신이 매우 서툰 상황이라면? 힘든 상황이라면? 많은 것을 기억하지 않아도 좋다. '연애스킬?' 그런 것은 아무래도 좋다. '언어능력?' 그것도 아무래도 좋다. 앞서서 누누이 강조해왔던 '진심+사실'이라는 것을 기억하며, 당신이 쉬운 길을 택했을 때 가져야 할 '책임' 역시 기억하고 있어야 한다. 그것을 기본으로 하여 다음의 것들을 함께 기억하고 따라보도록 하자.

■ **주변의 친구들의 훈수와 자신이 나름 하고자 하는 방법이 얼마나 다른가?**

- 쉬운 길을 찾는다는 것은 결국 '방법'에 대한 확신을 기반으로 하는 것으로, 내가 나름 생각한 방법에도 확신을 못 가진다면 추후에 계획하게 될 쉬운 방법은 더욱 확신을 가지기가 힘들다. 왜냐하면 당신은 '쉽게 간다는 것을 '당신의 진심을 가볍게 보이는 것'이라고 생각한 나머지 다른 사람들이 자신의 시도에 대해 언급하는 것을 극히 꺼려하게 될 것이며 어떻게 시

도를 하는지 등에 대해 내보이지 않으려 할 것이라는 것이다. 당신이 필요한 것은 당신의 주변인들에게조차 자신감 있게 내보일 수 있는 태도이자 자세라는 것이다. 자신을 좋아하는 것이든 사랑하는 것이든 결국 자기 자신부터 자신에게 그렇게 하지 못한다면 내가 원하는 그 상대는 어떻게 그렇게 해주겠는가? 주변인들의 훈수가 거창하다고 해서 기죽지 말고 나의 방법을 더 자랑스럽게 여기고 지지받을 수 있게 행동하라. 훗날 그것에 대해 당신의 연인과 이야기를 나누게 된다면 좋은 미담이 될 것이다.

▪ 서두르지는 않았는가?

- 앞서서도 언급했지만 당신이 만일 어떤 사정 혹은 형편에 의해 그 상대에게 어떤 시도를 하려고 하는 것이라면? 당신은 앞에서 언급했던 '당신이 얼마나 상대에게 이성으로 보였는가?'를 필수적으로 생각해보아야 한다. '기회'라는 것이 그 장소, 그 시간에만 있을 것 같아서 때를 놓치면 두 번 다시는 올 것 같지는 않은 상황처럼 느껴지겠지만 지금 당장 무언가 한다고 해서 그 상황이 더 연장될 거라는 보장이 없는 것이 사실이다. 그렇기 때문에 만일 당신이 그 사람에게 전혀 이성으로 어필한 적이 없다면 애써 나중에라도 찾아올 수 있는 혹은 만들 수 있을지 모르는 기회를 성급하게 날리지 말고 일단은 아쉽지만 참는 것이 좋다. 따라서 당신이 급한 마음에 고백을 해야겠다고 마음을 먹고 있다면 반드시 이 부분은 기억해두는 것이 좋다. 후회할까 봐, 아쉬움이 남을까 봐 그냥 한번 지르는 것은 아닌가 하고 말이다.

▪ 그 혹은 그녀에 대해 얼마나 알고 있는가?

- '지피지기면 백전백승'이라는 말이 있다. 그것처럼 당신이 그 혹은 그녀에 대해 얼마나 알고 있느냐에 따라 당신이 쉽게 그 혹은 그녀의 눈에 띄는 것이 가능하며 효과적으로 접근하는 것이 가능하다. 이것은 아주 예전의

연애나 지금의 연애나 유효한 것이며 당신이 서툴다고 생각하면 할수록 상대의 정보를 아는 것이 당신에게는 그마나 믿는 구석이 될 수 있다는 것이다. 적어도 상대가 좋아하는 것을 좋아하는 '척'이라도 해서 상대의 호감을 살 수 있는 것이며, 그렇게 그 혹은 그녀를 좋아하는 다른 대상과의 차이를 만들 수 있다는 것이다.

■ **그 혹은 그녀는 인기인인가?**

- 당신의 눈이 그 혹은 그녀를 향하고 있고, 당신이 그 혹은 그녀를 좋아한다고 해서 당신'만'이 오직 그 혹은 그녀를 향하고 있고 좋아하는 것은 아니라는 것이다. 따라서 당신이 경쟁해야 할지도 모르는 대상은 언제나 있는 법이며 어떤 상대가 당신과 경쟁하느냐 혹은 그 경쟁 상대가 그 혹은 그녀에게 먼저 얼마만큼의 영향력을 주었느냐에 따라 끼어들 자리가 아예 없을 수도 있다는 것이다. 그렇기 때문에 경쟁상대와의 차별을 만들기 위해서라도 내가 좋아하는 상대가 얼마나 인기가 있는지 그 혹은 그녀와 썸을 타고 있는 누군가가 또 있는지를 확인하는 것은 반드시 필요한 작업이다.

■ **꼼수가 실패했을 때를 생각하였는가?**

- 어떤 방식이든 100% 성공이라는 것은 없는 만큼 당신이 상대의 정보를 통하여 시도하는 방법이든 당신이 호감을 보일 수 있는 당신의 의도된 모습이든 그것이 생각보다 효과적으로 통하지 않은 상황은 반드시 발생할 수 있다. 따라서 얼마든지 그다음 상황을 생각해야하며 그 상황은 언제나 '관계유지'에만 집중해야 할 것이다. 욕심을 내서 한 번 더 상대에게 몰아붙인다거나 다시금 고백을 하기보다는 우선은 상대와 나의 관계가 무너지는 것을 막는 것이 급선무이다. 왜냐하면 상대가 나와의 관계에 있어서 어색함을 느끼고 두 사람이 어떤 사이였던지 간에 그 관계가 허물어져버린다면 다시 한 번 더 고백하고 싶어도 못하는 상황이 나올 수 있으며 그때 가서는 그

저 관계를 회복시키기만 해도 좋을 거라는 생각을 하게 될 것이니 거절했다고 해서 급하게 마음먹지 말고 때를 기다려보는 것이 좋은 방법이다. 딱 한 번 그 사람의 고백 거절에 대해 '도망'이라는 것으로 대응하지 않으면 당신은 그 사람에게 '이미 들통 난 마음'이라는 이점을 활용할 수도 있을 것이며, 결국 그 사람과 잘 이루어지지 않더라도 그 사람과 더 가까워진 대인관계를 통하여 '다음 사람'을 찾을 수 있을지도 모르고 다음 사람을 만날 때 그 사람의 도움을 받을 수 있을지도 모른다.

당신이 연애를 시작하기 위해 기억해야 할 것은 위의 것들이 기본적이며 그것에 따라 행동할 수 있다면 적어도 후회하지 않을 행동을 할 수 있다. 꼼수는 가장 단순하고 뻔한 행동으로 당신이 굳이 많은 행동을 하지 않고 상대에게 어떻게 보이게끔 만들거나 유도하는 것에 있다. 그렇기 때문에 굳이 기교를 많이 익히려 하기보다는 기본이 되는 것을 얼마나 많이 확보할지를 생각하는 게 우선이며 항상 그 순간을 '인정'하는 것에서부터 시작되는 것이니 감정에 휘둘리지 말고 현실을 항상 냉정하게 생각하라. 그 사람을 좋아하니까? 마음이 급해지니까? 긴장되니까? 부정적인 상황 딱 하나만 생각해보라. 그래서 '그 사람을 잃으면 그 마음이 진정될 것인가?'보다는 냉정하게 잠시 동안 생각하는 것이 낫지 않겠는가?

잊어야 할 것

당신이 앞서서 기억해야 할 것을 전부 다 몸이 기억할 정도로 익혔다면 그다음에는 당신이 잊어버려야 할 것, 내려놓아야 할 것을 다룰 차례라고 생각하면 된다. 당신이 잊어야 할 것은 앞서서 다룬 기억해야 할 것과 어느 정도는 이어지며 역시나 '기교'보다는 기본에 충실한 이야기가 대부분일 것이다.

■ 좋아한다는 마음에 있어서 거창하게 생각하는 것들

- 첫눈에 반했다거나, 어떤 모습이 특별하게 느껴졌다거나, 그 사람의 특정 어떤 모습에 반했다는 등 당신이 상대를 좋아하게 된 '이유'에는 여러 가지 것들이 있을 수 있는데, 그 감정들 또는 말 그대로 '이유'는 문자 그대로 '좋아하는 이유' 정도에 그칠 수 있어야 한다. 물론 그 이유를 상대에게 표현할 때 가진 마음만큼 충분히 풍부하게 표현하지 말라는 것이 아니라 당신이 가진 그 감정만큼 상대를 신격화해서 보지 말라는 것이다. 당신이 좋아하는 감정이 그 사람을 미화해서 보이게 만드는 것일 뿐 실제로 그 사람이 그렇게까지 대단한 사람은 아닐 가능성이 크며, 당신이 그렇게 생각함으로써 '진입장벽'을 굳이 높이지 않아도 되는데 더 높여버리는 것이 될 수도 있다. 그 사람은 정말 괜찮은 사람이기 때문에 혹은 ~한 사람이기 때문에 내가 ~하면 그게 실례가 되지는 않을까? 민폐가 되지는 않을까? '배려해야지'라고 생각하다가 우물쭈물하게 되고 결국 그것이 연애 시작의 가장 큰 장애물이자 실패로 가는 지름길이라는 것을 알지 못한다. 그렇기 때문에 그 사람을 좋아한다는 마음 때문에 그 사람을 신격화해서 생각하는 거창한 것들은 빨리 내려놓을 필요가 있다는 것이다. 좋게 보이는 것은 좋게 보이는 것일

뿐 그 사람이 더 대단한 사람이 되는 것도 당신이 더 낮은 사람이 되는 것도 아니다.

■ 과거의 실패 혹은 실수

- 내가 과거에 사귀었던 사람과 혹은 과거에 고백했던 사람과 '~해서 실패를 했는데' 혹은 '~해서 결국 차였는데' '~해서 결국 말도 한번 제대로 못했는데'라는 것에 계속 얽매여 있다면 이번에 당신이 연애를 시도하기 위해 하는 행동은 '누군가를 좋아해서' 하는 시도라기보다는 '과거를 넘어서기 위해' 혹은 '과거를 만회하기 위해' 하는 행동 정도밖에 안 되는 경우가 많다. 간혹 사람들 중에는 '지금 내가 더 좋은 사람을 만나서 이전 사람에게 보여야지'라는 마음을 가져서 지금 더 괜찮은 남자에게 수단과 방법을 가리지 않고 필사적으로 몸과 마음을 내던지는 사람이 있는데, 그것이 성공한다고 해도 올바른 연애가 된다기보다는 그저 과거를 따라잡는 연애가 될 수밖에 없다는 것이다. 또한 자신이 과거에 상처 받았기 때문에 '이제는 그런 사람은 만나지 않을 거야'라는 생각에서만 남자 혹은 여자를 고르게 된다면 절대로 올바른 만남을 할 수 없으며 또 어떤 형태로든 상처를 입게 될 것이다. 이유인즉 '상처를 안 받고자' 하는 그 마음이 자신을 수비적·방어적으로 만들고 결국 상처를 줄 생각도 없는 상대에게 자신을 어떤 형태로든 상처를 줄 수밖에 없도록 만들어 버린다. 즉 상처를 받은 과거의 실패한 기억이 지금까지 영향을 주어서 '자신에게 상처를 주지 않았으면' 하는 바람이 결국 '나에게 상처를 줄 사람'이라는 시각을 안겨주고 끊임없이 그런 시각으로 상대를 바라보니 결국에는 그런 상황이 만들어지지 않아도 되었으나 선택의 여지가 없이 상처를 받게 될 수밖에 없다는 것이다. 따라서 군이 과거의 실패들을 시도하기 직전까지 끌어올 필요는 없으며 그것을 이미 극복된 상태가 아니라면 차라리 생각하지 않는 것을 추천하는 바이다. 그리고 연

애 시작을 앞두고 있는 당신이 만일 지금 고백하려는 혹은 호감을 만들어 가려는 상대와의 과거에서 실수한 부분이 있다면 그것에 얽매여 있지 말라는 충고도 덤으로 해주고 싶다. 애써서 당신이 그 사람과의 관계를 '고백 직전' 혹은 '썸을 타는 사이'로 만들었는데 그 상황에서 당신이 '무언가 더 잘하는 것'은 분명히 불가능하거나 벅찰 수밖에 없다. 하지만 더 망치지 않는 것은 할 수 있지 않겠는가? 어차피 상대가 신경 쓰지도 않을 혹은 잊었을 과거의 실수에 얽매여 지금 또다시 그것을 반복할지 안할지 신경을 써서 지금을 망치지는 말자는 말이다. 과거는 말 그대로 과거일 뿐이니 말이다.

■ 자신을 아끼는 사람들의 조언

- 꽤나 많은 비중으로 친구들의 잘못된 연애 조언 때문에 커플이 헤어지는 경우가 많다. 자신이 연애를 잘하지 못할 경우든 혹은 자신감이 없는 경우든 주변 친구의 조언을 얻고자 하는데, 이 경우에 당신이 알아둬야 할 것은 '친구들은 언제나 나의 편'이라는 것을 알아야 한다. 그 친구가 객관적인 입장에서, 내 입장이 아니라 상대편의 입장에서 이야기해도 내가 듣기 싫은 소리까지는 하지 않으려 할 것이며 내가 듣기 싫은 소리를 한다고 해도 그 친구의 결론은 아마도 '선택은 네가 하는 거지'라고 할 것이다. 그 선택도 양자택일과 같은 형식의 선택이라기보다는 그냥 입장을 해설하고는 선택하라고 할 확률이 클 것이다. 왜 그렇게 되는가 하면 어찌되었든 그들은 나의 '친구'이며 나와의 관계를 유지하려고 하는 사람들이기 때문이기도 하며, 관계가 유지되고 있는 와중에는 자신이 책임질만한 이야기는 하고 싶지 않기 때문도 있다. 그 일이 잘되면 모를까 잘못되었을 경우에는 누구 하나 책임지고 '그 다음 상황'을 준비해주는 사람도 없을 것이며 결국 후회만 가득할 것이다. 또한 당신이 그 사람에게 가지는 '생각'과 타인의 '생각'은 당연히 다를 수밖에 없는데 당신의 '친구'라면 당신을 걱정하는 마음에 혹은 당신

을 아끼는 마음에 상대를 당신과 '어울릴 만한 사람'으로 봐줄 것이다. 당신이 그 사람을 마음에 들어 하느냐 안 들어 하느냐가 우선인 것처럼 말하지만 사실 그건 그들의 기준에는 뒷전이다. 왜 그렇게 확언하느냐고 묻는다면? 당신은 친구네 커플을 만나고 난 다음에 다른 친구들과 그 친구네 커플에 대해 말한다면 그 친구가 얼마나 자신의 연인을 좋아하는지 사랑하는지에 관해 먼저 이야기하는가? 아니면 두 사람이 얼마나 잘 맞는지, 얼마나 잘 어울리는지에 관해서 이야기하는가? 당신이 친구들의 조언을 내려놓고 당신만의 생각으로 상대에게 시도할 수 있을 때 그때 그나마 덜 후회할 시도를 할 수 있게 될 것이다. 그렇게 걱정이 된다면 친구들이 아닌 당신을 객관적으로 봐줄 수 있는 연애 전문가들의 도움을 받아보라. 그러는 편이 차라리 현명할 것이다.

■ 끊임없이 무언가를 해야 한다는 생각

- 연애를 시작하려고 할 때 당신이 얼마나 많은 노력을 했든 정해놓은 '목표', 즉 골인지점에 들어가기 전에는 당신은 쉽게 안심하지 못할 것이다. 항상 무언가를 해야 한다고 생각하며 언제나 그 생각에 전전긍긍하고, 어떻게든 '결정적인 한방'만을 생각하고 그러면서 행동은 그 사람에게 잊힐까봐 혹은 조금이라도 더 깊은 인상을 남기기 위해 행동하는데, 결국 이런 행동은 앞서 언급한 것처럼 자신의 마음이 쉽게 안심하지 못하여 '뭐라도 해야 안심이 되기 때문에' 자신도 무모한 것을 알지만 반복하게 되는 것이다. 그 상황에 달리 할 수 있는 것이 없기 때문에 그것이라도 해야 마음이 편해지니 말이다. 하지만 진정으로 당신이 해야 할 것은 '무언가 하는 것'이 아니라 '아무것도 하지 않는 것'일 수도 있다. 당신이 어떤 상태인지, 당신과 그가 어떤 상황인지도 모르고 '마냥' 무언가 하는 것은 언젠가는 당신이 그것에 대한 노력의 결과물을 얻고자 하는 심리가 무의식중에 반영되어 있다는

소리인데 그것이 이루어진다면 모를까 이루어지지 않을 때 당신은 그것을 감당할 수 있을 것인가? 한번 스스로 생각해보길 바란다.

　당신이 연애를 시작을 위해 잊어야(=내려놓아야) 할 것은 위와 같으며 아마 이전에 당신이 한두 번쯤 경험했거나 위의 사항들 때문에 실패한 주변인들을 한두 번쯤은 본 적이 있을 것이다. 재미있는 사실은 참 당연한 것처럼 "왜 그렇게 답답하게 행동해?"라며 조언을 해주거나 '나라면 그러지 않을 텐데.'라고 생각해봤을 테지만 그 당연한 것을 대부분은 실천하지 못하며 그것 때문에 항상 연애의 시작은 어렵고 힘든 경우가 대부분이다. 항상 남의 눈치를 봐야 하며 왜 그렇게도 그 순간만큼은 내가 모자라 보이는 것인지를 느끼니 말이다. 연애를 쉽게 시작하기 위해서는 무엇보다 '태연함이라는 것을 얼마나 가질 수 있느냐?'일 것이며 얼마나 '성급함'을 빨리 내려놓고 버리는지, 나라는 사람이 과거의 그 혹은 그녀 이전에 혹은 그 혹은 그녀와 있었던 일을 얼마나 빨리 잊을 수 있는지, 주변에게 나를 아끼기 때문에 하는 말들과 내가 그녀를 바라보는 객관적이지 못한 시각들에 대해 얼마나 빨리 잊을 수 있느냐에 따라 당신이 쉽게 연애를 하기 위해 그 혹은 그녀를 공략하기 위한 자리에 앉을 수 있을지 없을지가 결정될 것이다. 돌이켜보길 바란다. 얼마나 나 스스로가 생각해도 미련할 정도로 감정적으로만 나 자신의 연애를 다뤄왔는지.

연애가 유지될 때

연애 초반

연애가 시작된 지 얼마 되지 않은 커플이라면 조심해야 할 것 중 하나로 '다른 연인들이 하는 것'과 '연인이라면 하는 것'에 너무 얽매여서는 안 된다. '다른 연인들이 ~를 하기에' '연인이라면 당연하게 ~ 하기에'라는 것에 따라 너무나도 충동적이게 앞뒤 안 가리고 열정적으로 관계를 쌓아올리고 많은 것들을 공유하고 나누는 시기이기 때문이다. 그렇기 때문에 연애 초반에 현명하게 그리고 좀 더 편하게 연애를 유지해 나가고 싶다면 다음을 기억해서 두 사람이 오래갈 수 있는 발판을 마련해보도록 하라.

■ **그 혹은 그녀뿐만 아니라 타인에게도 잘 보이는 연애를 하려고 하는가?**

- 연애는 두 사람이 하는 것이다. 이 말은 '둘이서 함께 잘해나가는 것'이라는 말만 포함하고 있는 것이 아니라, '다른 사람이 그 두 사람의 연애에 쉽게 끼어들어서도 안 되며 그 둘 역시 다른 사람을 끼어들게 해서는 안 된다'는 말이기도 하다. 하지만 연애 초기에 가장 크게 실수하는 것 중 하나로

'내가 애인에게 ~해주는 것'이 둘 사이의 연인으로서의 평가를 위한 가치이자 기준이 되어 그냥 둘의 만족만 있으면 되는 연애를 '연인이니까 당연히 ~ 해야지'라는 식으로 짐을 지게 만든다. 작게는 태도가 있으며 그다음에는 만나는 횟수가 있고 그다음에는 연인에게 해주는 이벤트, 선물, 매너 등이 평가 대상이 된다는 것이다. 둘 사이에도 신경을 쓰겠지만 가장 이 부분에 대해 열을 내는 것은 '가장 가까운 지인'이 되며, 만일 자신이 무언가가 부족하게 되면 "걔는 ~할 시간은 있으면서 너한테는 그거 하나 해주는 게 그렇게 힘드냐?" 혹은 "~도 하면 ~도 할 수 있는 것 아닌가?" "솔직히 정말 좋아하면 아무리 바빠도 시간 내는 게 정상 아닌가?"가 바로 그 대표적인 예다. 결국에는 둘의 좋아함 여부와는 상관없이 주변 지인들의 평가도 덤으로 생각해서 행동하는 경우도 발생하게 된다. 연애는 둘이 하는 것이다. 당신의 연인이 친구들과 연애사를 공유하는 타입이든 아니든 당신이 그것에 대해 눈치를 볼 필요는 없다는 것이다. 만일 친구들의 간섭이 지나치게 이어진다면 연인에게 진지하게 이야기하라. 연애는 둘이 하는 거지 친구들과 하는 것이 아니라고.

■ 오래가지 못할 자상함, 친절함, 선물공세 등을 하고 있는가?

- 연애를 시작하려고 할 때 그 혹은 그녀의 마음을 사로잡은 방식이 무엇이 되었든 연애 초반에도 그것을 이어가려는 사람이 많다. 하지만 그것이 언제까지나 이어질 수 없고 처음과는 달리 그것을 유지하기 위한 강도 역시 강해져야 함을 끊임없이 느낄 것이다. 그렇기 때문에 티가 나도록 무언가를 하려면 그 이전보다 훨씬 더 많은 양 혹은 훨씬 더 큰 규모로 할 수밖에 없는 것에 대해 갈수록 벅참을 느낄 것이며 내가 노력하는 것에 대비하여 상대도 그만큼의 노력 혹은 내가 노력한 만큼의 값어치를 상대에게서 찾기를 바라기 시작한다는 것이다. 처음에 내가 '의 마음을 얻기 위한 노력'을 하면

서 그것이 오래가지 못할 것 혹은 꾸준히 유지하지 못할 것이라는 것을 나 스스로도 알았다면 그것은 그 단계에서 이미 다른 매력 혹은 다른 행동들로 퇴화시키기 시작했어야 한다. 하지만 당신이 그러지 못했기 때문에 지금에 이르게 되었다면 사실 그것을 뒤늦게 '안하기' 시작하는 것보다는 솔직하게 자신이 지금 그 상대를 위해 하는 행동들이 얼마나 버거운지를 그 감정에 대해 공유하는 것이 바른 해결책이 될지 모른다. 괜히 자신이 혼자서 부담을 떠안고서는 '상대가 좋아하니까' 혹은 '지금까지는 싫은 티 내지 않고 해놓고서는 사귄 지 얼마나 되었다고 벌써부터 힘들다고 못하겠다고 하면 상대가 실망하며 나에 대한 애정이 식을까 봐'라고 걱정하는 것보다는 훨씬 나을 것이라는 말이다. 그 상대와 오늘 내일 혹은 한두 달 사귀다가 헤어질 것이 아니며 상대와 부담스러운 마음으로 사귄다는 것은 오랜 연인이 되는 지름길이 아니라 얼마 못 가 헤어짐을 자초하는 싸움의 단서이자 시작지점이 될 수 있음을 생각하길 바란다.

■ 자신의 생활 패턴과 맞지 않는 행동들

- 연애 초기에는 상대에게 배려, 이해, 희생 등의 감정이 아무래도 크기 마련인데 그것은 처음에 연애를 시작할 때 했던 행동들보다 아무래도 더 많아지게 될 수밖에 없다. 그 이유 인즉 이전에는 '상대를 얻기 위한 행동'을 했다고 하지만 '얻지 못했을 경우'까지도 생각해서 적어도 '나의 생활 패턴'이라는 것을 항상 고려해서 희생하고 배려해서 상대에게 잘 보이려 했기 때문에 '무조건적 맞춤'이라는 것은 나오기가 쉽지 않았을 것이다. 하지만 이제 내 사람이 되었다고 한다면 '내가 이제 그 상대와 하고 싶은 것'이라는 것을 한다는 측면에서 '내 생활 패턴'보다는 '연애라는 것을 시작해서 함께 즐길 수 있는 시간이면 언제나'라는 것에 기준이 맞춰지게 된다. 그렇기 때문에 일주일이 멀다하고 매일같이 짧은 시간이지만 잠깐이라도 만나는 커

플이 있는가 하면 휴일에는 쉬고 싶지만 휴일마다 만나는 것이 당연한 듯 만나는 것이 바로 그런 이유에서이며 대표적인 모습이라고 할 수 있을 것이다. 당신이 만일 그런 모습들로 인해 연인과의 관계에 부담 혹은 힘들다는 것을 경험하고 있다면 하루빨리 연인과의 관계에서 데이트 습관을 당신의 생활습관에 맞도록 수정할 필요가 있다. 그것이 아니라면 지금의 상태에 적응하는 방법밖에 없다. 왜냐하면 이 경우 당신이 둘 사이의 이미 '당연'해진 패턴에 대해 '당연'하지 않음을 이해시키고 납득시키려 했다가는 상대에게 당신의 '애정'에 대해 의심을 받게 되며, 결과적으로 그것은 상대와의 관계를 악화시키는 결과를 만들기 때문이다. 따라서 '둘 사이의 새로움'이라는 이름하에 당신이 적응할 수 있는 둘만의 시간이나 흐름을 융통성 있게 만드는 것이 중요하며 그것이 100% 당신에게 편한 상황을 만들 수 없더라도 그 정도 선에서 만족할 수 있어야 한다는 것이다. 만일 그것이 이미 불가능한 상황이거나 힘들다면? 어쩔 수 없이 그 상황에 익숙해져야 하며 상대의 일상 상황을 봐가며 그것을 이용해서 자신에게 편한 상황을 만들어내는 것이 그나마 현명한 방법일 것이다. "요즘 자기가 ~한데 우리 ~해보는 것은 어떨까?"라고 말이다. 다소 치사하게 느껴질 수는 있으나 둘 사이에서 먼저 꺼내서 상대에게 '애정'을 의심받는 상황이라면 '배려'를 앞세운 '어쩔 수' 없음은 하나의 명분이 되고 핑계가 될 수도 있으니 내심 상대도 그런 상태가 힘들었다면 아마 쉽게 받아들일 것이다. 당신이 스스로 상황을 바꿀 수 없다면 말을 꺼내보도록 해서 어떻게 해서든 처음에 했던 계속해서 유지할 수 없는 자신과 맞지 않는 패턴을 바꿔보도록 하자.

연애 초반에는 대부분 잘 보이려는 것이 '목표이자 목적'인데 그것은 상대뿐만 아니라 제3자에게까지 그 목표와 목적을 적용해서 연애를 하려고 하다 보니 피곤해지는 경우가 다수이며 초반에 연애를 하는 사람들은 '남들이 하는 대로' '남들이 하는 만큼' '연인이니까'라는 것에 너무나도 많이 얽매여 있는 경우가 많다. 그게 두 사람을 사귀게 해준 것도 아닌데 그 기준 때문에 싸움이 나는 경우가 있으며, 그 기준 때문에 상대를 무심한 사람 그리고 자신을 애정을 덜 받는 사람으로 만들어버리고 만다. 만일 10명이 있다고 가정하면 그 10명마다 연애를 하는 방식이 '어느 정도 비슷'할 수는 있을 뿐이지 '같을' 수는 없는 법이다. 10명이 있으면 10명의 사람마다 저마다의 연애 방식이 있는 법이고, 저마다의 사랑이 있는 법이다. 물론 '어느 정도 비슷한 연애'라는 것의 기준에서 보는 '통상적인 기준'(서로에게 표현을 해준다거나, 행동을 해준다거나, 성의표시를 해준다거나)이라는 테두리 안에서 그 기준은 서로 충족시켜가면서 하는 것이 연애를 오래하는 방법이겠지만 그 방법을 절대기준으로 삼아서 "우리 커플은 왜 ~하지 않아?" "너는 왜 ~안 해줘?"라고 무턱대고 이야기한다면 그것만큼 잘못된 것은 없지 않을까? 기준에 통과하기 위해 연애를 하는 것이 아니다. 즐겁기 위해, 사랑받는다는 느낌으로 하루하루를 채워가기 위해 연애를 하는 것이다.

그 혹은 그녀가 만일 나를 위해 앞서 말한 통상적인 기준, 가장 흔해빠진 연애의 기본이라고 하는 누구나 말하는 것들을 어느 정도 나를 위해 하는 사람이라면 그 외적인 것은 '무조건 초반이니까'라는 잣대로 더 많은 것 혹은 부족한 것을 보기보다는 그냥 '그 사람'으로서 봐야 하지 않을까?

연애 중반

어느 정도 상대와의 관계가 오래 지속되고 서로 상대의 습관이나 마음에 대해 굳이 말로 하지 않아도 많은 것들을 이야기할 정도가 되었을 때에는 그런 '편안함' 혹은 '익숙함'이 오래된 둘 사이의 유일한 문제이자 가장 큰 문제가 될 수 있을 것이다. 그렇기 때문에 이 시기 즈음에 권태기 혹은 정체기를 느끼고 '헤어짐'에 대해 진지하게 생각하거나 실제로 행동으로 이어가는 커플이 많은데 헤어지고 난 이후에도 '긴 연애' 탓인지 다음 연애의 시작이 쉽지만은 않다. 왜냐하면 또다시 처음부터 관계를 시작해야 한다는 마음에 막막해지기 때문이다. 따라서 당신이 만일 '오래된' 커플로서 권태감 혹은 지루함을 느끼고 있다면 둘 사이에 무엇이 문제인지 이것저것 많은 행동이나 고민을 하려고 하지 말고 다음을 참고하여 생각해보거나 극복해보길 바란다. 연애가 어느 정도 무르익은 커플들에게도 유지를 위한 요령은 있으며 그것이라면 좀 더 쉽게 연애를 하는 것은 가능한 법이니 말이다.

■ **익숙함=당연함**

- 둘 사이의 약속에서 시간이 지난 커플의 경우에는 상대가 그 약속을 대하는 태도까지 어느 정도 익숙해지거나 파악되었을 가능성이 크다. 예를 들어 약속 때마다 자신의 애인이 항상 늦게 나온다고 하면 처음에는 이해, 어느 정도 기간이 지나면 지적, 그다음에는 다툼, 그다음에는 포기 순서로 이어진다는 것이며 "너는 원래 그러니까."라는 식으로 상대방의 그런 행동

이 익숙해지게 되면 결국 당연하게 생각하는 부분들이 자연스럽게 생겨난다는 것이다. 문제는 이런 것들이 한두 가지가 아니고, 어느 순간부터 상대의 그런 '포기'라는 개념을 단순한 '이해'로 생각해서 결국 상대에게 대하는 태도를 그냥 "그럴 수 있지." 정도로 넘어가는 것들이 생겨나기도 한다는 것이다.

그래서 싸움이 나게 되면 "당연히 ~하게 생각할 줄 알았지."라고 이야기하게 되며 오히려 '당연하게' 그렇게 생각하고 받아들이지 못한 상대를 탓한다는 것이다. 오래된 커플일수록 상대를 '당연'하게 생각하는 부분 때문에 결국 '소홀히' 여기기도 하는데, 당신이 '오랜 연애'를 넘어서서 상대와 '해피엔딩'을 바라보고 생각한다면 '이해해줄 거라는 생각 하에' 하는 행동은 그만하는 것이 좋을 것이다. 상대와 자신이 아무리 '당연하게' 행동하는 것들이 있다고 해도 그것은 그것일 뿐이고 상대방이 당신의 배려나 '당연하지 않은 듯한' 상대를 위한 가장 기본적인 행동은 권태에 빠질 수도 있는 상대에게 항상 처음과 같은 느낌을 가져다줄 것이라는 것이다. 무엇을 먹고 싶은지, 무엇을 좋아하는지, 어떤 곳을 가고 싶은지 연애 처음에는 그렇게 상대에게 질문하고 상대의 입장에서 생각하곤 하지 않았는가? 하지만 지금은 적당히 골라서 적당히 통보하고 적당히 만나서 즐거울 수 있는 곳을 골라서 즐기고 있다면? 생각해보라. 당신의 처음은 어떠했는지.

■ **연애라는 판타지보다는 미래라는 현실**

- '두 사람의 관계'라는 것이 처음 만나서는 '연인', 그다음에는 '오래 사귄 커플'이라는 것으로 관계가 변해간다면 그 관계가 지날수록 혹은 연애를 하는 당신의 나이가 사회적으로 봤을 때 무언가 자리를 잡아야 하는 시기라면 당신은 상대와의 관계에 있어서 또 다른 '다음'이라는 것을 고려할 시기

로서 생각하게 될 것이다. 하지만 연애는 어디까지나 현실의 비중보다는 판타지로서 가지고 있어야 하는 비중이 커야 둘 사이의 즐거움 혹은 행복함 그리고 자기가 어느 한 사람과 함께하기 전에 누려볼 수 있는 감정을 마음껏 누릴 수 있는데 위의 문제, 즉 '시기가 그러하니' 혹은 '우리의 관계가 다음을 내다봐야 하니'라는 이름하에 '현실'이라는 것을 둘 사이의 관계에 들여놓게 되면 그때부터 자신들이 더 가질 수 있는 판타지가 서서히 막을 내리게 된다는 것이다.

그 사람과 함께한다는 것 ,더 이상 나만의 삶이 아니라 누군가와 함께하는 삶이 된다는 것, 책임이 두 배가 된다는 것은 연애에서 이제는 더 이상 꽃을 보는 것이 아니라 꽃값을 생각하게 될지 모른다는 것이 현실이라는 것이다. 그렇기 때문에 오래된 관계일수록 그 '다음' 둘의 관계를 정할 시기가 된다면 두 사람이 정말 그것에 있어서 준비가 되었는지, 그런 부분들을 받아들일 자세가 되었는지 먼저 생각해볼 필요가 있다. 물론 그 혹은 그녀와 함께한다고 더 이상 판타지가 없는 것은 아니다. 연애가 끝나는 것도 아니지만 그만큼의 현실적 책임이 따른다는 것이다. 따라서 마냥 '시기가 그러니, 나이가 그러니' 혹은 '우리가 그만큼 사귀었으니'라는 이름하에 막연하게라도 미래를 결정짓는 생각을 하지는 말고 우선 자신이 얼마만큼 마음의 준비가 되었는지 생각해보라. 당장 현실적인 준비는 둘째 치고 마음이 시기 혹은 현실에 쫓기듯이 선택하느라 상대와 내가 아직 연애로서도 얼마나 잘 맞는지 모르는데 무턱대고 그런 생각을 한다면 그것은 가장 큰 실수가 될 수 있다는 것이다.

■ **권태라는 이름의 핑계**

- 살면서 상처 한 번 안 받아본 사람은 없을 것이며 개인의 사정으로 어렵고 힘들지 않은 사람도 없을 것이다. 하지만 저마다 다들 자신의 사연이나 상황이 가장 애절하고 안타까우며 가장 힘들고 비통한 사연이라고 생각할지 모른다. 그렇기 때문에 '상처 받고 싶지 않아서'라는 이름하에 자신을 '일단은 감춰야지'라고 생각하는 것을 당연시 생각하는 부류들이 꽤나 많으며, 너도나도 솔직하게 '나를 드러내는 것보다 저마다 자신만의 '가면' 하나씩은 다 가지고 있는 것이 보통이다. 하지만 사실 그 가면은 그렇게 두텁지 않은 경우가 대부분이며 그냥 그러지 않으면 '얄보일까 봐' 혹은 '쉽게 볼까봐'라는 의미에서의 행동이라고 보면 틀리지 않을 것이다. 그것처럼 오래 사귄 커플의 경우에는 조금 그들의 일상이 정말 '습관' 혹은 말 그대로 '일상' 적이게 흘러가게 되면 둘 중 어느 한 사람은 '권태'라는 이름을 꺼내들기 시작한다는 것이다.

대부분 친구랑 이야기할 때 "딱히 좋은 것도 없고 나쁜 것도 없다"라는 이야기로 시작하게 되며 그런 이야기가 나오면 친구들은 바로 권태를 이야기하는 경우가 대다수이다. 안타깝게도 그것에 있어서 딱히 반발하기보다는 자기 자신도 어느 정도 그런 생각을 가지고 있었기에 동의하는 경우가 많으며 자신의 일상에서 잠깐 '일탈'을 하고 싶은 감정에 대한 핑계를 '권태'를 겪고 있기 때문이라고 애써 자기 자신에게도 자신의 그런 상태를 아는 모두에게도 납득시키려고 할 것이다. "그 사람이 나에게 좀 더 잘했더라면" "권태를 느끼게 하지 않았더라면"이라는 말로서 말이다. 이것은 실로 매우 비겁한 행동이며 오히려 상대에게 잊지 못할 상처를 입히는 이기적인 행동이 될 수 있기에 만일 자신이 오랜 커플로서 일상적인 감정에 지루함을 느끼고 있다면 친구들을 통해 나의 권태로움을 알려서 일탈의 명분을 만들기 전에 나의 연인과 색다른 무언가 혹은 미친 짓이라도 해보려고 하라. 당신이 어떻게 하느냐에 따라 다시금 처음과 같은 불을 피울 수도 혹은 꺼지고 있는 불이 영원히 꺼질 수도 있다는 것이다. 당신이 보수적인 사람이라면 개방적으로 한번 바꾸어보라. 언제나 자기 스타일을 고집하면서 끊임없는 두근거림을 가진 연애는 있을 수 없는 법이다.

연애 중반은 '다음' 초반의 퇴색과 '다음'의 준비라는 과정이 있는 과도기적 시기이다. 그 중반이라는 시기가 흔히 나이에 따라 다르겠지만 몇백 일을 기점으로 혹은 몇 년을 기점으로 생겨나기도 하며 100일도 못 넘기는 짧은 연애를 하는 경우라면 아마 자신이 어떤 행동을 했느냐에 따라 혹은 그 상대와 무엇을 하느냐에 따라 아마 '중반'이라는 시기가 다가올 것이다. 그렇기 때문에 이 시기에는 '처음의 감정'에 욕심내지 않는 것과 '다음'에 대해 성급하게 생각하지 않는 것이 둘 사이를 망치지지 않는 지름길이며 그런 태도가 연애에 있어서 권태감이나 정체감을 불러오지 않는다고 볼 수 있다. 아직 연인으로서 많은 것을 해보면서 판타지를 키워나가면서 미래를 그리는 것과 '정착해서 행복하게'라는 미래를 그리는 것과 어느 쪽이 더 둘 사이에 말랑말랑함이 느껴지겠는가? 어느 쪽도 '행복함'이라는 기준을 놓고 저울질할 수 없다고 말하지만 솔직해져보자. '책임'이라는 것을 쉽게 빠르게 때가 되었으니 무조건 가지고 가려고 하는 게 당연하고 별반 차이가 없다면 왜 싱글족이 있겠으며 왜 짝이 있고 능력이 있어도 늦은 결혼을 하려고 하는 사람이 많겠는가? 단순히 준비가 덜되었기에, 아직 형편이 안 되기에 함께할 수 없는 그 혹은 그녀들도 많지만 그 혹은 그녀들조차 그렇게 쫓기듯 누군가 함께하는 것은 그리 달갑지 않을 것이다. 연애를 잘하는 법 혹은 행복하게 하는 법은 언제나 연애는 판타지라는 것을 잊지 않는 것. 그것이 연애를 잘하는 비법이다.

연애 그다음을 바라볼 때?

당신이 결국 상대와 맞지 않아서 혹은 미래를 내다보았을 때 더 이상 그 혹은 그녀와의 미래가 보이지 않아서 결국 헤어짐을 결정했고 그것으로 끝을 냈다면 얼마나 오래 사귀었든 혹은 오래사귀지 않았든 간에 그 인연은 그것으로 끝나게 된다. 그다음의 준비라고 해봐야 이전 연애가 되어버린 이번 연애에 대해 후회하지 않는 것과 다음 연애를 시작하기 위해 당신이 이번 연애를 통해 얻은 교훈을 토대로 또다시 반복하지 않기 위해 준비하는 것이 전부일 것이다. 하지만 당신이 만일 관계가 깊어져서 '다음'이라는 것을 바라보게 된다면 상대와의 관계는 지극히 '현실'에 관한 이야기들이 많이 오가게 될 것이며 당신은 여러 가지 '의무'를 가지게 된다는 것이다. '이전'에 즐기던 것을 더 이상은 즐기지 못하게 될 수도 있으며 '최소한 해야 하는 것' 때문에 당신이 이전에는 하지 않아도 되던 것을 해야 할 수도 있으며 혹은 이전에도 하던 것이지만 두 사람의 몫을 해야 하는 경우가 생기게 될 것이라는 것이다. 따라서 두 사람의 관계가 '다음'을 향해가기 전에 당신은 '나는 과연 좋은 파트너인가?'라는 것을 생각해봐야 하며

'좋은 연인'이기에 앞서서 '좋은 파트너'로서의 준비를 해야 한다는 것이다. '좋은 파트너'는 '좋은 연인'과 다른 개념으로 내가 상대에게 해줄 수 있는 것만 생각해서는 안 되며 함께 생활 속에서 어울릴 수 있는 것을 생각해야 한다. 언제나 그러하며 내가 상대의 모자란 부분을 채워주는 것이라도 떠먹여주거나 가르치는 것이 아니라 보조하는 말 그대로 함께해나가는 것, 즉 '공동작업'이라는 측면에서 생각해야 한다는 것이다. 연인의 입장에서 '대신' 내가 부족한 면을 해주던 것과 '파트너'로서 함께해나간다는 것은 다른 측면이다. 그런 면에서의 '어울림'은 내가 그 사람의 한쪽 다리와 팔이 되는 것이지 모양만 좋으면 안 된다는 뜻이다. 그렇기 때문에 당신이 연애 그 너머를 바라본다면 '좋은 파트너'가 되기 위해 준비하라.

당신이 연애를 유지하기 위해 연애 초반, 연애 중반, 그리고 연애 그 다음의 관계까지 많은 것들을 희생해야 하고 많은 것들을 또다시 공부해야 할지 모른다. 그만큼 '유지'라는 단어의 이름에 맞게 책임을 지는 것이며 단순히 처음처럼 혹은 '당신만'의 관계가 되어서도 안 될 것이다. 또한 유지에 있어서 앞서서 말했듯 연애는 언제나 현실보다 판타지라는 것을 잊어서는 안 되며 그것이 '오랜 커플'에게 권태를 그만큼 가져오지 않을 지름길이라는 것을 유념하는 것이 좋을 것이다.

연애가 끝이 날 때

정리하고자 한다면?

당신의 연애가 더 이상 막을 수도 혹은 조율할 수도 없는 이유로 끝나버렸고 더 이상의 미련이 남지 않는다면 당신은 자연스럽게 연애를 정리하는 순서로 이어지게 될 것이다. 애석하게도 자신과 상대가 연애를 하면서 얼마나 많은 추억을 만들었는지, 얼마나 많은 사람을 공유했는지에 따라 정리 과정은 힘들어질 것이며 때로는 서로 치사한 모습을 보이게 되는데 그것이 바로 이별 후 승자와 패자의 모습이다. 그리고 그런 모습은 다음에 따라 만들어지게 된다.

- 사귈 당시 얼마나 내가 '상대를 위한 노력'을 했는지 타인에게 보인 경우가 많은가?
- 그냥 나의 입장에서 생각해줄 사람이 많은가?
- 헤어지고 나서 슬퍼하는 모습을 누군가가 보았는가?
- 헤어지는 이유에 대해 '어쩔 수 없음'이라는 관점으로 봐줄 사람이 얼마나 있는가?

위와 같은 이유에 따라 만들어지게 되는데 상대와 내가 공통적인 사람이 아무도 없다면 상관이 없지만 공통의 지인이 있다면 나도 상대도 좋지 못한 인연으로 헤어지게 될 경우에는 '좋은 인연'들을 잃게 된다는 것이다. 그와 동시에 각각의 편으로 나누어져서 승자의 입장은 분명히 일방적으로 "너는 어쩔 수 없었으니까" "너는 적어도 ~를 했으니까" "너는 그래도 사귈 당시에 ~라도 했으니까" 등으로 결국 이유가 어찌되었든 비극 속의 주인공을 만들게 되며 모두에게 위로받는 듯한 결과를 만들어낸다는 것이다. 그렇기 때문에 공동체에 속해 있는 연인이 사귀다가 이별하게 된 경우 이런 이별 후 승자와 패자 법칙에 의해 인간관계 까지 피곤해지는 것이 얼마든지 가능한 만큼 당신이 정리하고자 한다면 최대한 그 사람보다 공통된 지인을 가지고 있다면 주변정리를 먼저 하는 것이 우선이라는 것이다.

또한 당신이 이별 후 '정리'할 때 가장 신경 써야 할 것은 '지금의 반복'이 나중에 다시금 되지 않도록 해야 하며 그러기 위해서는 지금 사귀고 있는 사람과 왜 헤어지게 되었는지를 잊어버리면 안 될 것이다. 반복된 연애에서 지금의 그 혹은 그녀가 준 물건을 사용할 수는 있다. 하지만 그 혹은 그녀의 느낌을 따라 비슷한 사람을 찾아다니는 어리석은 행동은 하지 말라는 것이다. 그것을 접고 다음으로 나아갈 수 있을 때 진정한 정리를 말할 수 있는 것이다.

재회하고자 한다면?

재회에 관련된 가장 흔한 말 중 하나인 "헤어진 연인들이 얼마 못 가서 또다시 헤어지는 이유는 예전에 왜 헤어졌는지를 잊어버리고 다시 사귀기 때문이다."라는 말이 있는데 그것처럼 재회를 하고자 한다면 당신이 이전의 둘 사이가 왜 끝났는지, 어떻게 끝나게 되었는지에 대해서 생각하고 다시 반복되지 않도록 준비하고 나서 재회를 시작할 필요가 있다는 것이다. 단순하게 그 혹은 그녀와 헤어지고 아픈 마음으로 후회하기에 그것을 되돌리고 싶어서 "나 많이 반성하니까 다시 잘해보자." 이런 태도는 잘못되었다는 것이다. 그렇기 때문에 경우에 따라서는 그 혹은 그녀에게 '이성'으로서의 접근이 아니라 '친구'로서의 접근을 필요로 하는 경우도 있으며 헤어진 후부터 당신에 대한 감정이 다 사라질지 모르는 기간이 지난 이후의 시간이 필요할지도 모른다는 것이다. 따라서 그 상대가 다른 누군가와 사귀게 되는 경우 또는 몇 년이 지나는 경우도 종종 있다는 것이다. 정말 미련을 많이 가진 사람들의 경우에는 재회를 위해 단순하게 1~2주 노력하고 안 되면 포기하는 것이 아니라 긴 시간 동안 그 사람의 친구로서 혹은 정말 다시금 모르는 사람이 되기 위해 몇 년의 시간을 보내는 경우도 있으니 자신이 상대와 자신의 상태를 봤을 때 재회의 가능성이 희박하고 자신은 그 상대가 아니면 안 되겠다고 생각한다면 그런 태도라도 가지는 것이 중요하다. 재회를 할 때 필요한 마음가짐과 행동은 다음과 같으며, 이것은 당신이 더 비참해지지 않는 길을 마련해줄 것이며 당신이 재회할 때 그나마 덜 후회하도록 해줄 것이다.

- 무조건적인 '재회'만이 유일한 목표라고 생각하지 말 것
- 재회의 순간에 자존심을 내세우지 말 것
- "돌아오면 다 고칠게. 다 바꿀게."가 아니라 이미 변한 모습 혹은 구체적인 답안을 보여줄 것
- 감정에 호소하려고만 하지 말 것

재회에서 효과가 있는 가장 빠른 방법은 아무래도 내가 헤어지기 직전 상대를 통해 알 수 있었던 상대가 원하고 바랐던 나의 모습을 그나마 이루어내고 지금의 상대가 원할만한 모습을 만들어서 상대에게 제시하는 것이 가장 좋은 방법일 것이다. 드라마나 영화에서 헤어진 전 남자친구 앞에 더 잘생기고 괜찮은 남자랑 나타나서 질투를 유발하게 하는 장면을 본 적이 한두 번쯤은 있을 것인데 이는 상대에게 나를 다시금 '가지고 싶은 가치'로 만드는 행동이라고 보면 될 것이다. 물론 안타깝게도 드라마나 영화처럼 다소 공격적으로 나가다가는 질투는커녕 오히려 미움을 받거나 더욱 안중에도 없게 될 확률이 크며 상대가 나를 조금이나마 그리워했을 경우 짝이 있는 모습을 보고 포기할 가능성도 있으니 괜히 질투작전같이 자존심을 내세운 작전은 쓰지 않는 것이 좋을 것이다. 재회라는 것은 단순히 그 혹은 그녀를 되찾기 위한 기교가 아니라 상대에 진심으로 '용서'를 구하는 과정이라고 생각하면 될 것이다. 그렇기 때문에 무작정 감정에 호소해서 그냥 '내가 다 잘못했다'라는 식의 태도는 오히려 상황을 악화

시킬 수 있을 것이며 진심이 전혀 느껴지지 않을 가능성이 크다. 물론 단순히 당신의 사과나 용서만을 바라서 휘두르기 위한 이별을 한 경우라면 용서만으로 해결되겠지만 그 외의 경우에는 당신의 감정적인 호소에 혹은 조금의 냉각기를 가진다고 모든 것이 다 해결되지는 않는다. 따라서 '~만 하면 언제 그랬냐는 듯이 다시 괜찮아지던데?'라는 식으로 생각하고 있다면 생각을 바꾸기 바란다. 진심이다.

연애가 끝날 때는 '그대로 정말 끝인지' 혹은 '재회를 하려고 하는지'라는 식으로 아주 간단한 결론처럼 보이지만 사실은 그 상황의 감정은 이루 말할 수 없이 복잡한 감정들이 깔려 있을 것이라는 것은 잘 알 것이다. '그 사람과 좋았던 시간' '갑자기 변해버린 태도' '잘할 수 있었는데 하지 못한 아쉬움'이 당신을 괴롭힐 것이다. 흔히 이별은 또 다른 만남의 시작이라고 하지만 그것은 당장 이별한 그 혹은 그녀들에게는 정말 씨알도 안 먹히는 말도 안 되는 소리이자 위안이 되지 않는 소리일 것이다. 좀 덜 상처받는 끝을 맞이하고 싶은가? 그런 것은 없다. 그저 정말 '끝'이냐 혹은 '다시 시작'이냐를 생각하고 마지막으로 최선을 다해볼 뿐이다. 덜 아파하기보다는 더 아파하라. 최악의 순간을 겪고 있다고 생각하겠지만 언제나 더 최악의 순간은 있는 법이다. 정말 정리를 하는 순간 나 혼자만 아파하는 것 같다면 재회를 하려고 해도 이미 그는 나를 취급도 하지 않는다면? '무언가'를 할 수 있다는 것은 그나마 낫다는 것이다. 재회를 원하든 끝을 원하든 반복해서 말하는 것이지만 '당연하다고 생각했던 것'을 하지 못해서 혹은 '할 수 있는데'라고 생각했던 것을 못해서 되돌아보고 후회하거나 속 쓰려 하고 있는 것 아니겠는가? 이별이라는 것은 당신이 당신의 연애를 얼마나 소중히 여겼어야 했는지 얼마나 가치 있게 생각했어야 했는지를 생각하도록 하는 좋은 계기가 되는 시간이다. '어떤 의미의 다음'이 되었든 언제나 다음을 위해 더 아파하고 느껴보기를.

특별한 것은 없지만 정말 당연한 것은 있는 그런…

책을 다 읽은 분들은 아마 이런 이야기를 하실 것이다. "그래서 결론이 뭐야?"라고 말이다. 앞서 말했지만 내 책은 무언가 꼼수의 기술을 나열해놓았다기보다는 자기 자신을 진단하기 위한 책이며 결과적으로 자신이 이 책을 읽고 자신의 상태를 파악했다면 그것만으로도 일단 성공이다. 내가 책을 통해 말하고자 한 것은 '얼마나 간사한' 방법을 통해 쉽게 연애를 하는가를 이야기하고자 한 게 아니라 '얼마나 솔직한' 혹은 '얼마나 당연한' 이야기를 쉽게 꺼낼 수 있게 하는가가 목적이었다. 연애를 하다보면 이런 순간들이 있다 '애써 돌아가지 않아도 될 길을 돌아가는 경우' 싸움을 하건 대화를 하건 사랑을 하건 굳이 돌아가지 않아도 될 길을 돌아가서 한두 가지의 행동을 더 하게 되며 길게 끌지 않아도 될 시간을 더 끌며 서로 힘들어하는 경우가 많다. 이유를 들여다보면 '자존심' '상황' '주변 시선' '당연하게 정해진 행동(?)' 등이 있는데 이런 것들은 결국 연애를 더욱더 힘들게 할 뿐이다. 당신이 특별하고 기묘한 방법을 써서 그 혹은 그녀의 마음을 들여다본다고 한들 결국에는 두 사람이 마주해서 '연애 시작'을 말하는 그 어떤 고백을 주고받아야 할 것이며 그것에는 그 어떤 꼼수도 없다는 것이다. 특별할 것이 없다는 말이다. 정말 당신이 치를 떨 듯이 말하는 정말 당연한 것만이 있고 그것은 영원히 불변할 법칙이다. 당신의 연애가 특별해지고 싶은가? 그렇다면 정말 당연한 것부터 할 수 있도록 해보라. 그것이 연애를 잘하기 위한 가장 최고의 꼼수일 것이다.

언제나 더 좋지 않은 상황에서 상처받는 사람이 없기를 빌며
Mr. 화니